U0638435

FLORET
READING

小花阅读

我们只写有爱的故事

青春阅读 ✻ 幸得相见

晏生 ｜ 小花阅读签约作者

女，天秤座。
拖延症患者，努力改进中。
喜欢独处，也爱热闹，希望有一天住进深山老林写故事。
伙伴昵称：露露、小鹿

已出版：《林深时见鹿》《林深时见鹿2》《悄悄》
即将出版：《林深时见鹿3》

CIQUGONGFUSHENG

此去
共浮生

晏生 著

花山文艺出版社

小 花 阅 读

【春风十里】系列

FLORET

READING

▼

《寥若晨星》

过云雨　著

标签：邂逅与重逢｜当温柔多金遇上爱情洁癖｜遥不可及的两心相悦

内容简介：

日本金阁寺下一场美丽邂逅，爱的种子悄悄发芽。

他，是摄影界新贵，是家族企业继承者，但却背负着婚姻不许自由的枷锁；

她，是巧手女画师，是爱情精神洁癖者，可偏偏控制不住奔向他的心。

他和她，一见钟情，许多磨难。

当黑色阴谋强势插手，当家族企业因为他的心动摇摇欲坠，矢志不渝的爱恋是否还能像樱花一样绚烂？

《深爱如长风》
打伞的蘑菇　著

标签：掩埋的爱与真相｜深情警探与不祥少女｜被遗忘的一见钟情

内容简介：

乔粟觉得自己是不祥之人，跟她扯上关系的人都没有好下场。

洑水巷恶意杀人事件，冰美人连环杀人案……幕后黑手不断在她身边制造凶杀案。

当挚友因她而死后，坚强如乔粟也陷入了绝望。这时，奔赴千山万水去救她的人正是季南舟！

她爱上了季南舟，誓要将凶手绳之以法，却不知凶手与他们息息相关。

再也不愿放过他们！

《此去共浮生》
晏生　著

标签：十几岁的恨与喜欢｜沉默少年 VS 跳脱少女｜这个男生很长情

内容简介：

十几岁的年纪，会那样喜欢一个人，又那样恨一个人吗？

顾屿不知道，他只知道作为私生子，他尝尽了世间的人情冷暖。米沉是第一个走进他世界的人,情之所起,此生便不能再忘。

黎岸舟不知道，他是恨米沉的，一夜之间家破人亡，这都是米沉父亲的杰作，可是手握米父受贿证据的他，却害怕这个他从小喜欢的女孩和他一样没有了家。

可最终他仍将这个用骄傲守护的女孩推入了深渊……

当青春落尽，那些被压抑、被伤害的昨天，是否会让他们遗失了彼此？

《幸而春信至》

狸子小姐　著

标签：婚后甜宠｜软萌慢热小白兔 VS 高智商狐狸美男｜日久生情

内容简介：

大学追了四年，出国留学念念不忘又四年，谭梓陌觉得自己可能一辈子都要栽在阮季手上了。

可一夜醉酒醒来，却看到阮季睡在身边，还答应了他的求婚。

果然，当查出怀孕是个大大乌龙时，这个慢热的小白兔还是提出了离婚。

可是小白兔阮季又怎能逃离得了狐狸谭梓陌的手心呢？

这一次的谭梓陌变得更加狡猾，眼里写满了算计，欲擒故纵，温柔情话……

《但使洲颜改》

鹿拾尔　著

标签：死而复生的谎言｜当追凶少女遇见绯闻凶手｜为你怼翻全世界

内容简介：

大学教授的遗体在月色中变成了年轻的神秘男子！

目睹一切的颜小弯比任何人都震惊，因为此人正是五年前特大爆炸案的嫌疑人，让她家破人亡的罪魁祸首——覃洲木。

她深入调查案件，却没想到覃洲木竟然出现在她面前，告诉她神秘男子是他的孪生弟弟！

黑暗浪潮袭来，他们一次次徘徊在生死边缘，无法自拔地爱上了彼此。

直到最后才发现真凶另有其人……

老屋后面的路边，有棵老槐树。

印象中，它一直扎根在那片土地上，枝叶繁茂，不停地生长，具体的年岁已经无从得知。树冠顶上飘浮着棉花似的云，还有澄澈的蔚蓝色天空。

上次放假回家，站在窗户口往外望，看见儿时认识的一个哥哥牵着他小女儿的手，从槐树旁经过，一个拐弯后，消失不见了。

我站了半天，怀疑自己是不是产生了幻觉。

我和那个哥哥已经十几年未见，当初他父母离异，听说是跟随母亲去了四川。

他是小时候的英雄人物，会带着左邻右舍的小孩儿一起疯闹，还有一个独门绝技，能够双手着地倒立起来，绕着门前的大坪走一圈，要杂技一样，在小孩子中间拥有超高人气。如今他已经在异乡落地生根，娶妻生子。

我们每个人，好像突然之间，就这样长大了。

在写《此去共浮生》的时候，我总是不断地回忆自己的高中生活是怎样的，好像时间倒流，有些事情在脑海里再经历一遍——酷爱收集各种空笔芯的同桌、分班前那个傍晚的晚霞、数学老师的模样，还有经常满教室传阅的学霸的试卷……

这些，我竟然全都还记得。

我想写那样一段无可替代和难以忘怀的旧时光和一个不寻常的、高贵又卑微的少年。所以，这才有了顾屿。

顾屿特殊的身份，从一开始就注定了他的生活充满变数。写正文的时候，我最喜欢描述的场景，就是他一个人生活的片段。他过早地领会到人生不可名状的悲苦。因为舆论压力，因为不想拖累母亲而辗转到沥淮，一个人转学、独自打扫和整理院子，熟悉周围的环境，去菜市场买菜，做饭给自己吃，然后上学读书……

他好像呈现出了一种近乎完美的生活状态，但其实不是。

在新学校，他实则是被排斥的存在。

他不修边幅，沉默寡言到极点，不仅从不和同学说话，而且连老师的问话也置之不理。他不在乎、不辩解，任由流言肆意。

顾屿始终以一种局外人的心态，活在这个世界上，更像是生活的旁观者。

直到米沉出现，猝不及防，拉他入局。

有生之年，遇见一个人，一生都被改变，所以顾屿对米沉会有那样深的执念。

文里面有句电影台词："倘若他还在世，老了、瞎了、瘸了、聋了，成了废人一个，你还会爱他一如往昔吗？"

有人答："会。"

少年时的爱恋，像一坛埋在心底的酒，有的人醉过便忘了，也有人一醉不醒，顾屿是后者，好在他等到了米沉，一起共度余生。

愿你也有倾心相待的人，无论挚爱或是好友。愿他们陪你跋涉过青春，如今还在你身边。

　　最后聊聊我们几个，搬进新家已经有一段时间了，嗯，掰着手指也算不清究竟有多少天了。

　　只觉得时间过得飞快。

　　我们住在五楼，隔音效果一般，特别是有时候开着窗户，第二天一大早就能听见楼底下老人相互打招呼的声音，还有小孩儿玩闹的声音。尤其是琳达的房间，正对着小区那条热闹的马路。

　　我和伞哥完稿后的那几天，琳达还在敲字陷入垂死挣扎中，我们俩一度计划着要站到楼下，对着她的窗户大喊一声："出来玩呀！"然后看她抓狂的样子。

　　想想，就觉得很开心。

　　只可惜干扰不到姜辜同学，下次再邀请她来501睡觉好了。

　　以后还有大把大把的时间互相伤害呀，就看下次谁先把新坑填完。那我们就，下一个坑里见啦。

晏生

目 录

我 到 过 天 堂，也 去 过 地 狱，却 最 想 留 在 你 身 边，白 头 到 老

第一章

东边来了神秘客

01.

"北冥有鱼，其名为鲲。鲲之大，不知其几千里也；化而为鸟，其名为鹏。鹏之背，不知其几千里也；怒而飞，其翼若垂天之云……"

琅琅读书声从窗口飘出来，响彻九月静谧的午后。

又长又空旷的走廊上，只有顾屿一个人。

身后的墙壁在新学期开始之前被修缮过，上半部分雪白，下半部分被刷成了深海般的幽蓝色。他被罚站，身体笔直地贴着墙壁，双手垂在两侧。裤脚和袖口已经洗得发白，在一片幽蓝的映衬下，显露出一种尴尬的拮据。

已经挨过了半节课，顾屿把身体重心转移到脚掌，让自己站得稍微舒服一点儿。

对面那栋图书馆的天台上突然出现的一个鲜红人影，引起了顾屿的注意。

红影在不断地移动，像一簇火苗一样，在他的瞳孔里跳跃。

顾屿才在高二 4 班当了两天的插班生，除了班长罗勒以外，唯一还有印象、能够记得起名字的，就是那个女生。

好像，是叫米沉。

米沉是特意在厕所把校服换下来的，然后穿上一条暗红色的格子长裙。头绳被摘掉，长发自然柔顺地垂到肩膀上，她随意拨了拨，拿起洗手台上的黑色布袋，里面满满当当地装着她的道具。

一口气爬上了图书馆楼顶的天台，米沉顶着大太阳开工了。

布袋里装着两条巨大的条幅，她从楼顶挂上去，布条向下迎风展开，惹眼的明黄色字迹出现在顾屿眼中。

左边写着：春风十里不如你，黎岸舟和我在一起！

右边写着：天长地久有尽时，我们交往行不行？

还押了蹩脚的韵脚，顾屿小弧度地扯动了一下嘴角。

原来她喜欢一个叫黎岸舟的男生。

米沉抬腕，看着手表上的秒针富有节奏地走着："五、四、三、二……"

在她的倒计时中，下课铃声准时响起。

教室里的学生像狂蜂一样拥出蜂巢，聚集在走廊上嬉闹聊天，串班，串楼层。不出几秒，就有人注意到对面图书馆顶楼的米沉和她悬挂的条幅。

起哄声和口哨声，掀起惊涛骇浪，潮水般冲刷着整栋教学楼，看热闹的人将走廊堵得水泄不通。

混乱中，顾屿被人连续踩了几脚，他像是痛觉神经迟缓，没有太大的反应，依旧紧贴墙壁站在原来的位置上。因为身高优势，视线无人阻挡，他像所有人一样，目光不由自主地投向那个女孩儿。

男生们开始一起喊黎岸舟的名字，把人直接从教室里抬出来。

米沉视力绝佳，一眼看到目标人物出现，手中的小喇叭立即举起来，朝他大喊："黎岸舟，我喜欢你……"

米沉喊得太过用力，甚至有点儿破音，加上小喇叭的效果实在太好，大家都觉得那声音震耳欲聋。

被告白的黎岸舟原本在睡觉，因为突然被吵醒了，脾气上来，这会儿看谁都不顺眼。

他的五官较常人深邃，有种凌厉的错觉。他甩开旁边同学搭在他肩膀上的手，一脸的不耐烦。

"喂，米沉都为你做到这个份上了，这回你总该答应了吧？"有人调侃他。

他随即一口啐回去："答应个屁！"

黎岸舟一边骂骂咧咧，一边拨开人群暴躁地走回教室，拿起上一堂课老师留在讲台上的小蜜蜂扩音器，嚣张地冲着米沉吼："你从楼顶赶快下来，我就答应你！"

米沉像只火红的鸟，站在天台边缘张开了翅膀，摇摇欲坠。残酷的日光下，耀人至盲。灼热的风把她的裙角吹起，鼓成一朵巨大的食人花，仿佛吞噬着她。

黎岸舟心里猛地沉了一下，他想，米沉你应该不会这么蠢，真的要跳下去吧？

可米沉真的伸出了一只脚，悬空。

无数双眼睛瞪大了，所有人都屏住呼吸盯着那一方翻飞的裙裾。原本喧哗的走廊，突然变得异常的安静。

顾屿的瞳孔紧缩了一下，突如其来的紧张感攥紧了他的心脏。

没有谁知道米沉接下来会怎么做，连拿着小蜜蜂扩音器的黎岸舟都慌了神，他这时候应该喊一句："依你依你都依你，赶紧给我滚下来！"可他蒙了，什么声音也没发出来，只是死死地、狠狠地盯着米沉。

然后，米沉笑了。

她举着喇叭得意地笑起来："我骗你们的呀……"那只悬空的脚也收了回去。

身后匆忙赶来的老师，一口气爬上了七楼，一个个累得大汗淋漓，叉着腰喘气，吓得心都快要跳出来了。见米沉安稳退下来，撤离危险地带，老师们都没力气教训她了。只有教导主任上气不接下气地掏出手机："叫……叫家长！"

那一瞬间，米沉骗过了所有人。

这一场告白闹剧，惊动了全校师生。

直到上课铃声又响起，各年级的学生们都返回教室。半节课过去后，米沉穿着校服重新出现。她若无其事地回到一组四号的座位上，翻开历史课本，听历史老师讲董仲舒提出的新儒学和先秦儒学有何不同。

顾屿坐在最后一排的角落里，把一切尽收眼底。这个女生就像

变了一个人，方才行事张扬得如同一个女妖，现在竟然乖乖低头在
做笔记。换回校服，如同换了一副灵魂。

班上的同学也在课间时不时议论，说米沉只要遇上理科班的黎
岸舟，就变得跟疯子一样。

看来在她远离黎岸舟的时候，还是挺正常的一个女生，遵循着
寻常的轨迹，过着平淡的校园生活。

顾屿起了一点儿好奇跟兴致，但他这点儿兴致，很快被涌上来
的睡意冲散了。他趴在课桌上，埋头睡了起来。

春困，夏乏，秋盹，冬眠。

他的真实写照。

02.

放学后，宋稚子从隔壁 5 班蹿过来，一把抱住了米沉，那叫一
个痛心疾首："沉沉，你怎么这么想不开啊？天涯何处无芳草，何
必单恋一根草！命里有草终会有，命里没草就不强求！黎岸舟有什
么好的，他压根儿比不上我一半！你再这样，我就掰弯你了，咱们
俩直接凑成一对……"

忘了说，黎岸舟号称沥淮一中的头号校草。

"稚子，别闹了。"米沉把缠在自己脖子上的细小胳膊扯下来，准备收拾东西回家。今天是星期五，周假。

宋稚子不肯罢休，再一次拽住她。

"我今天是骗人的，"米沉脸上笑容飞扬，恶作剧般地说，"黎岸舟不是很拽嘛，他照样被吓白了脸。"

"隔那么远，你竟然还能看清他的脸？"宋稚子压根儿不是很相信。

"那还用说，我的眼睛通透明亮。"

"我看你眼睛是瞎的，竟会喜欢黎岸舟那种人渣。"

"宋稚子，你好好说话，你骂谁瞎了眼呢？！"

"说你啰。"宋稚子摊手，一脸无所畏惧。

"我都说了，我今天只是闹着玩的……"米沉笑着说到一半，忽然偏头看向了窗外，黎岸舟托着篮球从窗前路过。

刚才的话，估计他听全了。

米沉不假思索地追出去，冲着他的背影叫道："黎岸舟！"

他的脚步一顿，终于停下来转过身看米沉，连带着手腕一使劲，手中的篮球刻意地朝米沉砸来。

篮球擦着她的一丝头发飞过，然后重重地落在水泥地面上，气焰嚣张地滚远了。

　　米沉多少有点儿被吓到，方才紧紧地闭了两秒眼睛。睁开以后，是黎岸舟面无表情的脸，他目光沉沉地望着她。

　　像一道深渊。

　　米沉知道，刚刚的篮球，只是一个警告而已。

　　由于校方的主张和提倡，沥淮一中的大部分学生都选择了住校。一到周五放假这天，四处都是拎着大包小包的学生，还有前来接人的家长，几乎把整个校园挤得水泄不通。私家车从停车坪一直排到校门外，长长的队伍，还有招揽生意的出租车夹杂在其中艰难地穿梭。

　　米沉找到老位置，看到熟悉的车牌号码，敲了敲车窗，利索地绕到副驾驶座那边，拉开车门钻进去。

　　"爸……"

　　米原国板着一张脸，没理她。

　　米沉笑："爸，一个星期不见，脾气见长啊！"

　　米原国真想一巴掌扇过去，但每次都停在了半空，怎么也下不了手，只好恨铁不成钢地教训她："今天你们教导主任又叫我过去谈心了，你到底怎么回事啊？你就不能让我省点儿心吗？"

　　"嘘！"

　　米沉比了一个静音的手势，打断父亲的唠叨。

　　"爸，我们回去再上思想政治课好不好？现在赶紧开车走，

等下校门口会越来越堵的，我们可能没办法赶上老妈准备的晚餐
了……"

　　米沉坐在车里往外张望。

　　相比于操场停车坪这边的拥堵，另外一条小道的情况要好许多。
从自行车棚出来的那条小路，可谓是走读生的通道。

　　走读生大多骑自行车上下学，虽然人数要少些，但因为路窄，
同样也是慢吞吞地往前挪动。

　　沥淮一中校门口的地势较低，从自行车棚下来，有一个稍陡一
点儿的坡。

　　米沉眼睁睁地看着几个女生骑在自行车上打闹，没有掌控好方
向，车把歪七扭八地拐来拐去，一时刹不住，撞到了前面骑车的同学。
前面的同学再往前撞，瞬间演变成了一起连环"车祸"。

　　最终，六七辆自行车摔到了一起，其中受伤最严重的，是个男生。

　　米沉觉得他十分眼熟，好像是那个才转来不久的插班生。

　　米沉之所以对他有印象，是因为这个人过于特殊。今早的第一
堂课上，他还被班主任批评过："明天你要是再忘记穿校服、戴校徽，
干脆就别来了，做学生就得有个学生的样子！"

　　他没说话。

第二节数学课，他又因为试卷不翼而飞，被白发苍苍的老学究一顿臭骂。往往一连串的训斥过后，老师口干舌燥，没剩下多少耐心。

可他还是闷着张脸，始终沉默着，不认错，也不顶撞。

鼻梁上的黑框眼镜，遮住大半张脸。他微低着头，不知道是虚心接受了老师的意见，还是根本没有听进去一个字。

嘴巴像被缝上了，没见他张开过。他转学来沥淮一中后的第二天，4班的同学已经开始渐渐往外传，班上新来了个"哑巴"。那些难听的话，是故意说给他听的，可他无动于衷。其中掺和了更多恶意的流言，诟病他脑子有问题，他是被称之为"智障"般的存在。

米沉想了半天，硬是没记起那男生的名字来。

自行车篓子被压瘪变形，人也摔得很惨。他身上的裤子多半是几十块钱一打的地摊货，在粗糙的地面上稍微一磨，就破了。皮肉被地面摩擦破皮，露出鲜红的血丝。

米沉光看着，也觉得疼，有些不忍。

她还没来得及去看男生的脸，只见他一言不发地扶起自行车，一瘸一拐地走了，只留下一个消瘦的背影。

九月初的阳光还很刺眼，赤裸裸地从万里无云的高空照下来，他整个人浸泡在阳光里，后背汗湿了一大片。

他推着自行车没入人群中，很快就消失不见了。

留在原地的几个学生，还在追究这出自行车连环车祸到底是谁的责任，抱怨声和哭泣声引来了巡逻的警卫，路过的老师也一起聚拢过来。

而米原国逮住时机，踩下油门，车子溜了出来，终于驶出校门，米沉的视线也被一并带走。

03.

沥淮城内有无数条悠长的巷弄，两旁都是白墙青瓦，地面坑坑洼洼。下雨天潮湿，水汽蒸腾，雾气氤氲一片，天空逼仄阴郁。大晴天倒风光明媚，被日光一照，巷影深深，反倒衬得幽凉清静。

西池小街便是那无数条巷弄里的其中之一。

顾屿就租住在西池小街的一座独门独院里。

房子不算大，但对一个高中生来说绰绰有余，并且附带了一个小小的院子，已经很不错了。可惜院子无人打理，荒凉又颓败，野草差不多有半米来高。花坛里只有唯一一株月季，稀稀疏疏开了花，花叶上竟也落了厚厚一层灰。

要是有外来闯入者，应该不会相信这里面住了一个十六七岁的少年。

　　顾屿把自行车停在屋檐下，医药箱就摆在房间显著的位置上。他清洗膝盖和手掌上的伤口，再熟练不过地替自己上药包扎好。

　　随后环顾了一下四周，空空荡荡的。

　　肚子忽然"咕噜"响了一声，他饿了。

　　厨房是昨晚打扫过的地方，橱柜上搁着几个辣椒和茄子，没有多余的食材了。顾屿蒸了米饭，开始炒菜，手机振动起来。

　　他一边翻炒锅里的茄子，一边听那头的女人说话，适当地提出了意见："喂，纪女士，麻烦你说话大点儿声，老式手机信号不好。"

　　女人改成用吼的。

　　顾屿说："我才住进来两天，东西都还没有收拾。我还要在这边躲多久？"

　　那边说了什么，他的眉头不自觉地皱起来，声音比方才更低，彰显着他有些糟糕的情绪。锅里已经散发出烧焦的煳味，他加快了语速。

　　"不用麻烦别人打理，明天周末，我有空，自己会把院子里的草都割了……"

　　"东西我会自己去买，不用你操心，你演好你的电影就行……"

　　"挂了，我不耽误你工作，你也别耽误我吃饭。"

　　顾屿把那部不如他手掌心大的老人机扔到一边，专心地把菜装盘，就着一碗白花花的米饭吃起来。

　　青椒的味道很重，他强忍着辣意，快速扒了几大口饭，就冲出去找水喝。

　　正厅的两扇大木门朝外敞开，他坐在门槛上吹着自然风，夕阳快要落山，缤纷灿然的晚霞布满了西边的天空。

　　"超市、农贸市场、服装批发市场……书店，还有电子城……"

　　顾屿的膝盖上有张沥淮市的简易地图，他拿红笔标记了几个地点，可惜上面没有画出西池小街附近的菜市场在哪个方向。

　　厨房里只剩下一根葱了。

　　再过一两个小时，天色就完全暗了下来。

　　顾屿拿上钥匙和手电筒出门。他的膝盖上缠着几圈绷带，脚踝高高肿起，走路时动作僵硬，有点儿跛。

　　顾屿一路缓慢地走到街尾，在分岔路口绕了两次，最后总算在一家包子铺旁边找到了菜市场。买菜的大多都是上了年纪的妇女，穿着红红绿绿的宽松绵绸睡衣，手里拎着个菜篮子。顾屿一走进去，十分显眼。

　　摊铺上的食材在白天被买走了大半，这个时间点，剩下来的果蔬都不太新鲜了。

他四处看了看，最终买了两把蔬菜和一些肉，又在冷冻柜里拿了好几袋水饺和馄饨，还挑了一些煮粥的绿豆和薏米。

还算比较顺利。

只是在回去的途中，路过那个老旧的小花园时，他看见了米沉。

米沉和黎岸舟站在一棵树下，一高一低的身影。不远处灯光昏暗，人影和树影倒映在地上，模糊不清。

顾屿没有再走近，起初他以为米沉又拦着黎岸舟告白。毕竟，他这两天听闻了米沉追求黎岸舟的各种奇葩事迹，已经见怪不怪。

但看眼前这情景，又不太像。

两人似乎在起争执，黎岸舟愤怒的声音传来："你今天这样闹很开心是不是？"

米沉针锋相对，语气嘲讽又讥诮："开心的不应该是你吗？"

"你什么意思？"

"我那么轰轰烈烈地告白，连教导主任都知道我喜欢你了，我丢脸丢成那样，不正称你心意？黎岸舟，你肯定觉得解恨吧！"

"米沉！"

"怎么，难道我说错了？"米沉丝毫不肯退让，她态度同样强硬，朝黎岸舟伸出一只手，"第六个文件呢？现在可以给我了。"

顾屿是个局外人，听得不明所以，只觉得奇怪。

只见黎岸舟从裤袋里掏出一个东西，不怎么情愿地交到米沉手上。顾屿努力辨认，好像是个 U 盘。

米沉几乎是抢一般地把 U 盘夺过来，死命地攥在手里："黎岸舟，你最好别忘了咱们之间的约定，我追你一次，换回一个原文件。如果你违反约定，敢私自拷贝一份留底，到时候我会选择和你同归于尽的。"她语气平淡，却十分认真，仿佛有种玉石俱焚的决绝。

黎岸舟轻蔑地笑了一声："那就请你拿出你的诚意来。"他忽地低头凑近米沉的脸，米沉则本能地往后一退，避开危险。

"你看你现在，我稍微靠近一点儿都要躲，哪里像喜欢我的样子？"黎岸舟声音里隐约带笑，"你要的东西可不是那么容易就能换回去的，我拜托你演戏也演得像一点儿，多点儿敬业精神行不行？"

"好好表现，"他拍拍米沉的肩膀，带着嘲弄的口吻鼓励她，"十二份音频，米沉，你现在还差一半没有拿到手。"

04.

顾屿提着满满两袋子菜，开始走神。

他现在唯一可以确定的是，米沉和黎岸舟之间在进行某种秘密交易，米沉疯狂地追求黎岸舟似乎只是为了完成交易。

她似乎受到了黎岸舟极大的威胁。

她一个女孩子，能有多么大的把柄落到黎岸舟手里？那十二份音频文件，到底是关于什么？

顾屿不得不承认，他毫无波澜的生活，被这个叫米沉的女孩儿投掷了一枚石子，激起连串的水波在湖面漾开。

他再次对她产生了无法抑制的好奇心。

有一段路是没有路灯的，顾屿打开手电筒照明，在拐角处却被一个突然冒出来的人撞到，他脚受伤一时没站稳，差点儿摔倒。

"啊，是你！"

那个冒失鬼咋咋呼呼地指着他，惊讶地说。

顾屿举着手电筒，望着面前的女孩儿，也有点儿愕然。一个晚上能遇见两回的人，不是米沉还能是谁？

"咱们俩是同班同学吧？你叫什么来着？我忘记了。"米沉对于这种忘记别人名字的事，承认得坦坦荡荡，丝毫没有觉得不好意思。

"顾屿。"他回答。

这是米沉第一次听到顾屿开口说话，音色偏低，是属于那种很好听的声音。米沉感到一阵小小的讶异。

　　她又借着手电筒的光，看清了顾屿另一只手上提的菜，发出一声了不得的感叹："你大晚上的出来买菜啊！"

　　顾屿"嗯"了一声。

　　他拿手电筒往前方的路上一照，顿时明亮不少，示意米沉赶紧回家。

　　米沉却没有理会他，不急着走，反倒打量起他，突然兴起："喂，顾同学，我带你去剪头发吧？"

　　他跟她才认识多久？

　　几句话的交情而已，她却心血来潮地对他笑，那样散漫又天真地说："顾屿，走，我陪你去剪个头发。"

　　"我猜你是外乡人吧？绝对不是沥淮本地人，而且一定刚搬过来不久，你是不是不清楚理发店在哪里？"她看他额前的碎发过长，遮住了眼睛，整个人看起来不修边幅，这样下去迟早也会被班主任说成没有精气神，指不定会在办公室里，拿着剪刀直接给他一顿"咔嚓"了。

　　她自然地理解为顾屿人生地不熟，找不到好的理发店，正好她现在还不想回家，也算替自己找点儿事做。

　　于是，非常热心地发扬了同学友爱。

　　"你放心，这一带我很熟的，我带你去一家值得信赖的老店，绝对不坑你！我从小到大都是在那里剪头发……"米沉说。

顾屿一路跟在她身后，心想，原来她是自来熟。

平日里看上去，她像是那种看上去不太容易接近的女孩子，太过张扬了。

只走了几分钟就到了理发店，店面看上去不大，但是里面客人很多。一共只有两位理发师，是对夫妻，根本忙不过来。

一张简易沙发上坐了几个中年人，前面墙壁上的电视机里正在播放法制新闻。矮桌前蹲着一对双胞胎小姐妹，吵吵闹闹在下飞行棋。

米沉推开门一进去，就和老板娘打招呼："林姨，今天生意这么好呀？"一股冷气扑面而来。

老板娘笑："最近都是晚上生意好，剪头发的人多，"说着停下剪刀，分心看了看店里的人，"小沉，你今天要剪头发？可能要等个把小时哎。"

"不是我要剪，"米沉推了顾屿一把，"我带我朋友过来的。"

顾屿一愣，朋友？

他们好像还没那么熟吧。

这个称呼来得太过突然，且莫名其妙。但看着她的笑脸，顾屿又说不出任何反驳的话。

"那你们先去坐会儿，要喝水自己倒啊……"老板娘说。

　　米沉却似乎没有那么好的耐心陪顾屿等上一个钟头，她眼珠子转了一圈，仰起头对顾屿提议道："要不我帮你剪吧？"

　　"只要剪短一些就可以了，并不难的。"米沉努力想要说服眼前这个惜字如金的少年，"我的技术也还不错，以前可是跟老板娘学过两手的，肯定会比班主任剪得好。明天你这个样子去学校，说不定班主任突然发现你的头发不合标准，她可不会手下留情的。上次班上的胡帅直接被她剃成了光头……"

　　她的眼睛清澈，像两颗小小的星辰。

　　恐吓的话语从她嘴里说出来，其实并不具有什么威慑力，但顾屿竟然不想揭穿她。

　　老板娘也在旁边帮米沉说话："小沉确实在我这里学过几天技术……"虽然那是因为她暑假里太无聊，纯粹为了好玩才学的。

　　米沉满眼期待地看着顾屿，等他点头。

　　见他虽然没同意，但是也没拒绝，她就权当他答应了。

　　米沉硬拖着顾屿坐下来，在架子上拿了一条干净的大毛巾替他围好。

　　她之前只在模型上剪过假发，这次换成真人，却不怯懦，剪刀落下去的时候十分干脆。

　　"你把眼睛闭上，别不小心把头发弄到眼睛里了。"她低下头小声提醒他。

眼睛闭上以后，视线被切断。

顾屿只感觉到有一双手时不时会触碰到他的头皮。电视机里传来悲情女主人公哀恸的哭声，和旁边小孩儿的笑声掺和在一起，耳边闹哄哄的，剪刀"咔嚓咔嚓"的声音却被放大了，无比清晰。

直到米沉说了一声："可以了！"

"哎，我以前怎么没发现，你长得这么好看呢！"米沉打量着镜子里的顾屿，左看右看，越看越满意，"一定是因为我技艺超群。"

那些遮住顾屿眼睛和脸庞的头发，被她修剪过后，他的五官立即显露出来，有种专属于少年的清朗和干净味道，像在初夏的阳光和微风里摇曳的香樟，原先身上那股沉郁的感觉一扫而光。

"对了，你把眼镜戴上，好好看看自己。"米沉得意地说。

她准备把之前给顾屿摘下来的眼镜还给他，却蓦地发现，这是一副平光眼镜，根本没有度数。

也就是说，顾屿并不近视。

米沉忽然敏感地察觉到了一点儿什么东西。沉默寡言的插班生，不跟老师同学打交道。明明有着让人惊艳的长相，却不修边幅，不打理自己，甚至刻意戴上难看呆板的眼镜，把脸遮住，这是为什么？

顾屿到底是什么人？

他为什么突然转学来沥淮？

一连串的问题从米沉的脑海里冒出来。

顾屿见米沉发呆，主动从她手中拿过眼镜，扯掉脖子上的毛巾，低声说了"谢谢"。

在米沉还没有反应过来时，他已经重新拎起放在店门口的两袋子食材走了。

米沉有点儿失望："他怎么一点儿都没感到惊喜啊……还有，他好像没给钱吧？"

她看着他就快要被夜色湮没的身影，猫一样地跟了上去。

西池街 16 号。

米沉看着顾屿走进了这家小院子，门前钉着门牌号。环顾四周，她下意识地记住了这个地方。

手机"丁零零"地响起来，米原国打电话来催，问她人死到哪里去了。米沉一看时间，都快十一点了，难怪她老爹发飙，匆匆忙忙往回跑。

都怪这该死的好奇心。

第二章

我的竹马同学

01.

　　米沉走上台阶，屋里米原国和杜小清的笑声已经飘了出来。她在门外站了会儿，偷听他们这对腻歪的老夫老妻说话。

　　杜小清先是唠叨一阵家长里短，又说米原国最近疏于锻炼，再过几个礼拜啤酒肚该长出来了。米原国不服，他说自己玉树临风、潇洒倜傥，现在这么大年纪了还有八块腹肌，可不是一般老男人能比得上的。

　　杜小清骂米原国不要脸，米原国就更不要脸地搂着杜小清亲了一口，杜小清顿时就没了战斗力。

这对多年老夫妻，谁还能没个绝招对付谁，甜言、蜜语、拥抱、亲吻，出其不意，那都是招招致命的法宝。

米沉听他们斗嘴，自己也咧着嘴在笑，心想米原国同志真是好样的，也亏得这样的他才能生出这样的她。

只是手突然摸到裤袋里的 U 盘，一颗心就迅速往下沉。

脸上的笑，蓦然僵住。

米沉默默告诉自己，无论如何，都要保护好这个家，谁也不能破坏它。

哪怕是从小跟她一起长大的黎岸舟也不可以。

杜小清拉开门的时候吓了一跳："沉沉？"

"什么时候回来的？怎么不进来？是不是又在外面闯祸了？你就晚上出去散个步，也能闯祸？"杜小清一脸嫌弃，连环发问，越说越来气，真想把米沉重新塞回肚子里。

米沉搭上杜小清的肩膀，故作老成地叹了口气："妈，你能想我点儿好吗？"

"我爸呢？刚刚不是还在客厅？就一会儿工夫跑哪儿去了？"

"在书房呢，说是有个病历要看。"

"那我去找他。"米沉准备上楼，杜小清拉住她，怀疑地问："真没在外边惹事吧？坦白从宽，抗拒从严！"

　　米沉拍拍胸脯，一脸认真地说："真没有，请组织上相信我！"

　　杜小清终于半信半疑地松了手。

　　米原国在书房里谈公事，米沉溜进去在沙发上坐下，等了十来分钟。

　　"怎么了，找我有事？"米原国问，"今天的事我都还没找你算账呢。你跟黎家那小子到底怎么回事？我听人说你在追他？"

　　米原国替女儿打抱不平，天方夜谭似的语气："你甩他十条街不止，比他强百倍，还用你追他？"

　　米沉被他逗得笑起来，捂着肚子倒在沙发上："亲爸，我谢谢您嘞，原来您这么看得起我。"

　　"我米原国的女儿自然是最好的！"天底下的父亲谈起女儿时，大多是一副这样又拽又自豪的神情。

　　米沉话锋一转："不过，我还是想打听打听……"她努力装作满不在乎的样子，心里却惴惴不安，"黎叔叔去世之后，岸舟他们搬去哪里了？"

　　"你问这个干什么？"米原国探究地问。

　　"再怎么说我跟黎岸舟也是青梅竹马、两小无猜，他家出了事，我关心关心也很正常吧？"米沉想过要跟踪黎岸舟，看看他现在到底搬去了哪里，但每次在半路就被他甩掉了。

米原国拍拍米沉的头，叹气说："桐安区。"

桐安区，那是沥淮市治安最差、环境最糟糕、房租最廉价的片区。

米沉走出书房时，脚步犹犹豫豫，还是忍不住回来跟米原国说："爸，你当院长辛苦不？要不你别当院长了，在家休息多好！"

"说什么胡话！你爸我才上任多久，你就巴望着我退休？"

"我这不是觉得你们医院的工作太累人了吗？"米沉做着鬼脸笑，"我心疼你呢，还真是一点儿都不领情……"

"我不工作了谁养你和你妈？"米原国问。

米沉心中一滞。

她想说，我现在会好好读书，将来我可以赚钱养家。可是所谓的将来，是个多遥远的存在，又充满着多少无法预测的变数？

顿时涌上心头的巨大迷惘，让米沉无法再开口说下去。

她只是看着米原国，欲言又止。

米家和黎家的两栋白色小洋楼左右相邻，中间隔了一片狭长的树林。以前米沉站在自己的房间里，打开窗户，就可以看见对面屋里灯火通明。

现在，黎家人去楼空。她朝着夜色大喊一声黎岸舟，却再也不会有一个少年探出头来。

黎岸舟的养父黎申和米原国是同事，也是最强劲的竞争对手，在这届选举中，米原国被推上齐仁医院院长的位置。而黎申落寞失意，当晚酒驾，把车开进了沥江，黎家从此一落千丈。

虽说瘦死的骆驼比马大，但架不住祸不单行。

黎申去世后，妻子周式微经受不住打击，突然昏厥，被人送去医院后检查出宫颈癌晚期，这也成为压垮这个家庭的最后一根稻草。

米沉摸出口袋里的U盘，插入电脑，把里面的音频文件彻底粉碎。

02.

周一返校，米沉踩着铃声赶上早自习。在琅琅读书声中，她下意识地回过头去看最后一排。

角落里的那个座位是空的。

顾屿不在。

米沉想起那天他一瘸一拐的脚，问班长罗勒："顾屿人呢？"

罗勒很诧异米沉竟然会关心那个没有存在感的插班生，随口道：

"我哪知道啊，估计赖床起晚了呗。"

结果直到第一节课上课，顾屿才姗姗来迟。

周末一过，他走路的样子倒一点儿也看不出受过伤，只是步子比之前慢了一点儿，米沉要是没有留心，几乎发现不了。

课间操过后，他又被班主任逮到走廊上狠狠教育了一番。米沉站在楼梯口，见他照旧像个木头人一样站着受训。

楼上的理科班突然传来喧哗，米沉还没弄明白怎么回事，就听到有人正豪情万丈地喊："比就比，谁怕谁！"

只见罗勒从五楼冲了下来，犹如一个冲锋陷阵的战士："文科班的同志们，咱们扬眉吐气的时候到了！"

这件事说起来也就那么回事。

约莫是高二文理分科之后，理科班的部分同学口出狂言，有点儿瞧不起文科班的意思，开玩笑说文科生耗脑少，全靠死记硬背，连体育也输给理科生，样样不如理科生。

这话听在正巧路过的罗勒耳朵里，只觉得受到了极大的侮辱。

罗勒这学期当上4班的班长，怀着一腔热血，还没干出点儿成绩来，这次大概想要搞个大新闻。

于是4班和9班的战役正式打响，文科班和理科班开始正面交锋。

文理各有优劣，不好比，但体育无界限啊！不管是学文的还是学理的，牵出来遛遛，谁跑在前面一目了然，立马分出胜负。

两班班长一锤定音，决定比体育——5×1000 米接力赛、4×100 米什么的都弱爆了，要来就来点儿狠的。两班同学摩拳擦掌，跃跃欲试。

时间定在当天第八节课后，地点定在学校操场跑道。

米沉当时想，9 班？

哦，是黎岸舟他们班。

罗勒应战的时候士气高昂，回班上挑人的时候遇到了难题。虽然全班同学都对这件事表现出了异常的热情、异常的支持，想着不蒸馒头争口气，誓死要捍卫文科生的尊严。但现在放眼望过去，班上要挑出五名干将十分困难，能跑的没有几个，而理科班本来就男生多，这意味着可供选择的人更多。

罗勒说："男女不限，欢迎大家踊跃报名参加。"

说完，底下起哄的人不少，但举手的，加上罗勒自己也只有三个。

"女生呢？有没有毛遂自荐的？"罗勒问，"男女不限啊，能跑就行！"说着他把目光投向了班上那个个子最高的女生。

那个女生有着古铜肤色，浑圆臂膀，却弱柳扶风般抚着脑袋说：

"人家是很高没错啦，但是人家很虚弱啊……"

"女生跑个 800 米接力就是极限了，5000 米接力会要人命的！"

罗勒再看米沉，她一向以混世魔王著称，特别能闹腾，各种体育项目都还不错。

米沉坐在座位上往嘴里扔豆子，一接一个准，她能自己这样玩一节自习课。"我不去。"她拒绝得干脆。

和黎岸舟他们班比，她才不去。

黎岸舟估计会被拉去参加，到时候狭路相逢碰上了，吃亏的准是她。

"大家能不能积极点儿？刚刚跟理科班呛声的时候不是都很有激情吗？现在怎么厌了！"罗勒拿起数学老师的三角尺拍黑板。

这时有个瘦猴一样的男生弱弱地扬起了手。

可是，还差一个人。

"好了，只差一个人了。"

"大家相互推荐一下，特别是腿长的，有身体优势的千万不要浪费啊！"

个儿高的、腿长的……

不知道为什么，突然所有人不约而同地、心有灵犀地转头朝教室最后一排的角落望过去。

顾屿枕着自己的半边胳膊，面朝墙壁，睡得正安稳，丝毫没有受到动员大会的影响，只留给众人一个后脑勺儿。

凭空飞来一个粉笔头准确无误地砸向他。

或许是因为骤然安静的气氛，落针可闻，总让米沉觉得，粉笔头砸在他脑袋上发出了不小的声音。

应该会有点儿疼。

顾屿被成功地吵醒了。

他抬起头，除了米沉，班上所有人的表情都跟见鬼了一样。

他没有戴眼镜，半梦半醒的样子，清澈的眼睛中透出一丝迷茫。头发剪短之后，原先被遮住的面部轮廓清晰起来，如同蒙尘的水墨丹青，重见天日。他侧着身体，歪了椅子，虚靠着一面雪白的墙，一两秒钟之后，似乎终于弄清现在是什么状况，眼睛却盯着地上的粉笔头。

这让扔粉笔的始作俑者有点儿心虚。

顾屿没有说话，窃窃私语议论的声音渐渐多起来。

"这是顾屿吗？"

"天哪，怎么帅成这样了？老娘之前怎么没发现？"

"他不会是周末去韩国整容了吧？"

"这兄弟真是深藏不露！"

"……"

罗勒走过去，努力摆出一班之长的架势："顾屿同学，虽然你才转来我们班，但也是4班的一分子，一起来参加接力赛怎么样？"说完笑得满脸褶子，像个狼外婆一样，努力想要说服顾屿。

米沉下意识地去看顾屿曲在桌子底下的膝盖。

他腿受了伤。

似乎有无数双眼睛望着顾屿，满含热切的希望，只等他点头，但他好像还是不愿意和人交流，闷声不吭。

这样耗下去，自习课都快结束了。

大部分同学已经开始在心里无声地诽谤这人太冷漠，没有一点儿班级荣誉感，活该被孤立。罗勒仍然不死心，想要给顾屿做做思想工作。米沉忽然站了起来，不太着调地说："我报名。"

罗勒郁闷地问："你刚才不是不愿意吗？"

米沉不喜欢跟人讲道理："刚才是刚才，我现在改主意了。再说，我跑得也不慢，想为班级争光不可以吗？"

既然有现成的人手，罗勒也只好答应："行吧，就你了！"

米沉笑了笑，不经意间对上顾屿的眼睛，他的眸光淡淡地从她脸上掠过，不带半点儿感激的情绪。

好像帮他解围的不是她。

窗外的阳光依旧炽烈，头顶的电风扇"吱呀吱呀"地转着，热风送来下课铃声。

03.

以往第八节课后，顾屿铁定是不紧不慢地收拾书包离校的。但今天铃声一响，他趴在座位上，没有要走的意思。

班上的同学一个个簇拥着去田径场，9班的人路过时还纷纷朝他们竖了根中指。宋稚子拎了一双运动鞋从隔壁班过来，拉住米沉高兴地说："沉沉，穿上我给你准备的这个！"

"哪儿来的？"

"我中午偷偷溜去百货商场了，按照你的尺码买的。"

宋稚子一早听说了4班和9班要比赛，对此比米沉还上心："你可是你们班参战的唯一一名女将，可不能丢女同胞的脸啊！"

米沉弯下腰换鞋，宋稚子又凑到她耳边说："我都帮你打探清楚了，黎岸舟也代表他们班参赛了，到时候说不定你们会跑同一棒……"

米沉敲她的头："你个乌鸦嘴。"

宋稚子揉着一头齐刘海儿的短发，白皙又肉乎乎的包子脸皱起来："我说的很有可能就是事实呀。"

"如果真是这样……"米沉抬头，脑补了一下自己和黎岸舟比赛的场景，必定惨不忍睹，那家伙从小跑起来飞快，以前每次都是她跟在屁股后面追他。

她从没赢过他一次。

"如果真是这样……那我就弃权好了。"米沉笑得一脸轻松，思绪却不知飘去了哪里，声音里透着散漫，"不就是低个头嘛。"

她向黎岸舟低头的次数还少吗？

不差这一次。

战术是罗勒和几个班委一起商量的，米沉被安排跑倒数第二棒。跑道一圈为 400 米长，五个人参赛，平均每个人要跑两圈半。不管对男生还是女生来说，都是很大的挑战。

米沉放眼望去，黎岸舟果然站在 9 班参赛队伍里。

9 班是清一色的男生参赛。

黎岸舟也看见了米沉。

黎岸舟显然没有想到米沉会不怕死地参加接力赛，原本和同学说笑的脸霎时紧绷起来，仿佛要在米沉身上盯出一个窟窿。

米沉立即跳起来朝他招手，一秒钟变成花痴相，扯开嗓子用力朝他喊："黎岸舟，加油！黎岸舟，加油！"

黎岸舟低头露出一个痞笑，心想，她这次装得还算像模像样。

就好像，她是真的喜欢他。

宋稚子连忙拉住乱窜的米沉，捂住她的嘴巴："喂，沉沉，我警告你，你等下可别放水啊！这个时候黎岸舟可是你们班的死敌，你要是对他心慈手软，那就是对你自己残忍！"

"还用得着我放水？"米沉大致扫了一遍9班阵营，个个都是一米八以上的男生，她拍拍手，"其实不用比，我们班输定了。"

不远处4班的口号已经响起来"鹰隼试翼，风尘翕张，4班威武，属我最强。"啦啦队的同学倒是热情高涨。

米沉懒洋洋地靠在宋稚子肩膀上叹气："怎么办？这么大的阵仗，我要是说弃权，他们会不会把我活剥了？"

"你就这点儿出息？"

"这叫量力而行。做不到的事情，自然就放弃了，人为什么要为难自己？"米沉理所当然地说。

"那你之前为什么要答应参赛？"宋稚子审视着米沉，"我正觉得奇怪呢，你这个从来只知道贪图享乐、舍不得为难自己的家伙，怎么会在这么热的天气答应来跑接力赛？你不会是吃错药了吧？"

"因为……"

米沉无言以对了。

难道要她说，是为了顾屿？

连她自己都觉得鬼迷心窍。

说起来不可思议，她跟顾屿才认识几天，她已经给他剪过头发，替他跑接力赛，连几句话的交情都没有，她都开始怀疑自己是不是魔怔了。

他像是一个神秘体，靠近之后，会引发她巨大的好奇心。不知不觉中，他和她之间已经产生了这么多的交集。

"米沉，快过来做准备。"罗勒在跑道上喊，"比赛马上就要开始了！"

宋稚子把米沉往台阶下一推："沉沉加油，谁输谁赢还不一定呢，你好歹拼一把，赢了我请你吃遍小吃一条街！"

米沉朝她撇了下嘴。

眼睛朝四周看了一圈，别的班跑过来凑热闹的人越来越多，就是没发现顾屿的身影。

"那哥们儿可真够冷血的，竟然看都懒得来看一眼……"米沉活动活动手臂和脚踝，一边伸了个懒腰，一边感慨。

裁判一声哨响，跑第一棒的罗勒已经从起跑线冲了出去。他的对手是 9 班的一个体育生，两人不相上下，没有把距离拉开，一圈跑完，几乎处于持平的状态。

到第二棒、第三棒，差距已经在不知不觉中慢慢拉开。

再过一圈半，就快要轮到米沉接力。

米沉用手挡住眼前的阳光，盯着椭圆形跑道上迅速移动的两道身影，耳边是各种加油呐喊的声音，多少有点儿紧张的情绪从心底冒出来。太阳快要落山，橘黄的光线从大地慢慢收拢，人影被拖得老长，空气中闷热不减。

宋稚子站在旁边用扇子帮米沉扇风。

"行了，你快去树荫底下站着。"米沉把宋稚子的扇子拦下，"我跑个接力而已，你瞎凑什么热闹。"

"我当然要给你加油。"宋稚子不服。

"加油有啦啦队，这么多人一起嚷嚷，吵死了。"米沉说，"你就别跟着添乱了。"

宋稚子抹了把脖子上的汗，骂道："狗咬吕洞宾，不识好人心！"她不太高兴地哼了一声，但总算跑到一边去歇着了。

"你怕我中暑，关心我就直说啊！"她在背后冲米沉做了个鄙视的表情，大声道。

米沉笑了笑。

场上还有半圈，就轮到她了。

黎岸舟到现在还没有上场，看样子，应该被他们班安排在最关键的位置——最后一棒。米沉猜想，自己和他跑同一棒的几率应该不大。

她站在跑道上等候，终于开始认真起来。她沉住气，摆好标准的姿势，等待接力棒传到自己手上，然后奋力一搏。不管怎么样，至少还是要努力一回。

只是，就快要交接的时候，突然凭空冒出来一个人，以惊人的速度从她手上把接力棒截走了。

是顾屿！

04.

米沉站在原地呆愣着，惊讶地看着那个少年拼命地奔跑，追赶对手。风吹拂着他的黑发，鼓起他干净的白衬衫，他笼罩在夕阳金黄的余晖里，好像整个人也在淡淡发着光。

他的双腿交替前行，做着机械的运动，好像不知疲倦，速度始终没有慢下来。

米沉知道，顾屿是如何忍受疼痛的。

至少周五的晚上看见他，他连走路都成问题，脚还是跛的。

被太阳烘烤了一天的塑胶跑道散发着一股强烈的气味，米沉心烦气躁，这时不由得觉得更加刺鼻。

他是想让自己的脚废掉吗？

有不少声音在喊："顾屿加油！顾屿加油！"

那些原本不看好他的人、默默嘲笑他的人、曾在背后辱骂他为智障的人，竟然一个一个都开始为他加油。

还剩下最后两百米的时候，顾屿开始加速。

即便已经明显追不上 9 班了，但顾屿还是把两队的距离缩短了不少。米沉担心他伤势，守在终点等待他跑完，甚至一时忘记了黎岸舟快要上场了。

顾屿跑完之后，米沉几乎是拥抱着撑起他的身体，完全没有反应过来，两个人之间的姿势十分亲密和暧昧。

"稚子，快过来帮忙！"

其他同学现在都在关心比赛最后一棒的情况，没空搭理这边，米沉只好招来宋稚子。两个女生一左一右，架起顾屿去旁边休息。

"直接送他去医务室。"米沉对宋稚子说，顾屿额头上全是冷汗，一半是被晒的，一半应该是疼的。

"好。"

"沉沉……"

"嗯？"

"你……不看黎岸舟比赛了？"

宋稚子吞吞吐吐地提醒，米沉这才想起这事。她脚步顿了一下，艰难地回头去看身后的跑道，透过人群的缝隙，她看见黎岸舟像一个光点在移动。

他似乎还分心朝她这边望了一眼。

他漆黑的眼睛盛着何种复杂的难以言说的情绪，就像起雾的夜晚，但隔得有些远，她什么也看不清楚。

头顶飞过庞大的雁群，扑扇着灰色的翅膀而去，夕阳终于沉入西山。

收回目光，米沉对宋稚子说："走吧。"

顾屿低着头，由她们俩搀扶着，不知是因为气息一时没有调整过来，还是因为太疼了，说不出话。

但他不说话，即是默许了米沉的举动。

"喂，顾屿，你没事吧？"

得不到半点儿回应，米沉真恨不得再踢他一脚。

算了，就当自己扛着根木头。

正在医务室值班的张医生和米沉也算是熟人。米沉爸爸是院长，张医生之前有心结交她，有意无意，对她的态度总要比寻常学生好上几分。而医务室有空调、插座、电视，是米沉逃课的首选之地，因此她常来这儿。

一来二去，米沉和学校医务室的医生就混熟了。

"张阿姨，上个星期五的时候他腿受了伤，今天又跑了5000米接力赛，你快帮他看看……"米沉简单地说了顾屿的情况，见他一言不发，故意粗暴地捶了一下他的肩膀，"张阿姨，你别让他的腿废掉就行！"

张医生打趣她："你这么紧张？"

米沉想，谁让她是全班唯一一个知晓顾屿腿伤的人，不然她才不会多管闲事。

"稚子，你留在这儿看着怎么样？"米沉说，"我一会儿就回。"

宋稚子闭着眼睛都知道她要干吗，特别善解人意地点头，朝她暧昧地眨着眼睛："去吧，去吧，希望还来得及。"

米沉拔腿就跑。

医务室离田径场有一段距离，米沉赶回赛道上的时候，接力赛已经结束了。比赛结果没有什么悬念，是9班胜出，一堆人兴高采烈地聚在一起讨论要怎么庆祝。4班的同学始终坚持到了最后，跑完了全程，成绩也不差，几个班委和同学们似乎都还比较满意这个结果，觉得至少没有丢人。

赛道上相比于之前安静不少，看热闹的人都走光了，但米沉没有发现黎岸舟的身影。

不知道他怎么样了?

米沉走到9班的队伍边上,认识她的男生立即跟她打招呼:"你来找岸舟吧?可是比赛一结束他就走了……"

走了?

哦。

米沉立在原地,不禁发起了呆。

过了一会儿,她才想起稚子和顾屿还留在医务室,又转身往回走。

忘记拿校徽的黎岸舟重新返回田径场时,站在高高的台阶上,就看见下面一个小小的熟悉的身影。熟悉到,他即便闭上眼睛,也能在素描纸上画出她的轮廓。

很快,她的身影穿过田径场,穿过风雨桥,穿过两旁长满香樟树的小道,越来越模糊,越来越渺小。

很快,她就要消失不见了。

很快,她就要在他的眼中,消失不见了。

沥淮一中的师生都知道,米沉发疯似的喜欢着黎岸舟。每一次,她都当着所有人的面,高调地对他说:"黎岸舟,我喜欢你。"每一次,他都摆出一副不屑一顾的样子,懒得回应,或许还要说上几句伤人的风凉话。

其实，他多想试着回应说："嗯，知道了，我也喜欢你。"

可这样的游戏还能上演多久呢？

等他们之间的交易结束，等她完全拿到那十二份音频文件，或许她就会远远地离开他了。那些说出口的喜欢，就会被践踏成泥，就会变成一个个荒诞的笑话。

"嘿，岸舟，你怎么又回来了？"

"校徽落在这边了。"

"刚刚米沉又来找你了，你在路上有没有碰见她？"

"没有。"

"喂，你干吗这么冷漠啊？她一个女孩子很不容易的。你就算不喜欢人家，态度也好点儿呀，这样很伤人自尊哎！"

"……"

"老实说，你到底喜不喜欢米沉？"

"看我心情。"

黎岸舟一挑眉，恢复了平日里的样子，一脸猖獗。

05.

桐安区。

傍晚时分突然下了一场暴雨，坑坑洼洼的地面蓄满了混浊的积水，黎岸舟骑着自行车在其中绕来绕去，还是不可避免地被溅了一裤脚的泥巴。

四周都是陈旧灰败的筒子楼，从远处看，仿佛摇摇欲坠，像一只只单脚伫立在垃圾场附近的老鼠，阴暗污浊，散发着恶心的气味。

光着膀子的男人聚在楼下赌博，骂骂咧咧地出牌，露着一口大黄牙；打扮媚俗妖冶的女人站在路边，目光轻佻地审视着从面前路过的行人，好像在等待时机。

黎岸舟习以为常地从他们中间穿过，无视那些打量的目光，把自行车停在逼仄的楼道里锁好。

开门进屋的时候，周式微正把做好的曲奇饼干从烤箱里拿出来，头顶的灯光昏黄，但不昏暗。

"妈……"黎岸舟喊了一声。

周式微淡淡点了下头："过来洗手吃饭吧。"

两菜一汤，荤素搭配适宜，还有饭后精致的小点心。小点心用颜色素雅干净的碗碟盛着，在桌上整齐地摆放。旁边的栀子花刚被浇过水，花瓣上还有晶莹的水珠滚动，散发着清浅的芬芳。

即便屋内狭小，容不下第三把椅子，站起来转个身也得小心翼翼，但黎岸舟却觉得自己好像坐在黎家往昔敞亮的花园里用餐。

一门之隔，外面是嘈杂污秽的桐安区。可门内，被周式微安排打点得无比温馨妥当，依然像是一个家。

仿佛所有的变故都还没有发生。

"妈……"黎岸舟。

"怎么了？"周式微停住筷子，终于抬头看他。

他们母子之间并不亲近，黎岸舟知道，周式微对他没有多少感情。他是从小被黎爷爷收养的孤儿，当年黎爷爷快要去世时，嘱咐儿子黎申和儿媳周式微照顾他。正巧，黎申和周式微也没有孩子，这才把黎岸舟接到身边，一起生活。

或许是因为没有血缘关系，周式微照顾黎岸舟更像是在完成一种任务，对他始终亲近不起来。

而黎岸舟在黎家则更像是一个客人。

黎申出车祸去世之后，最后陪在周式微身边的，也只剩下黎岸舟这个养子了。

周式微出身优渥。她曾是北方某个钢铁实业家最宠爱的小女儿，是被众人捧在手心里长大的孩子，天真烂漫，又矜贵骄纵。直到她邂逅一无所有却才华横溢的黎申，她义无反顾，追随他南下，哪怕家中与她断绝关系。

就像老话本里讲述的风花雪月，佳人傲骨，一骑红尘，便永远也回不了头。

她没有了退路，好在黎申也算争气，渐渐出人头地，干出一番事业，只是最后夫妻俩还是落得天人永隔的结局。

如今她即便被诊断为癌症晚期，被医院宣判死刑，她还是高贵的，一如当年的周式微。她停止治疗，自行出院，即便住在最廉价的小区里，也要用剩下的钱过精致的生活。

她花大把的时间烹饪、插花、看书、听戏。

任凭生命一点点耗尽，疼痛席卷而来时，不反抗，也不绝望，像等待一场必然到来的盛宴，这是她自己选择的人生。

"怎么了？"周式微再问了一遍。

她化了淡妆，灯光之下，黎岸舟还是可以轻易窥见她眼底的那抹青灰，脸颊苍白，毫无血色。

"班上的同学计划十月一号小长假的时候，组织一次郊游……"平素在外桀骜不驯得像个痞子的黎岸舟，这会儿规规矩矩地坐着，双手还放在膝盖上，如同一个小学生。

"你去吧，我一个人在家没有问题。"周式微毫不犹豫地说，又问，"自己身上还有零花钱吗？"

少年心头生出一丝窘迫，他连忙点头道："有，我周末的时候去做兼职了。"

汇报完毕，又陷入了无话可说的局面。

周式微生病之后，胃口极其不好，她勉强喝了一小碗鱼汤，又咽下几块烘烤的小甜饼，就起身回房间休息。

黎岸舟自觉起身，如同恭送领导："妈，你去躺会儿，我待会儿会收拾桌子的。"

"嗯。"

周式微走得很慢，黎岸舟很想去扶着她的肩膀，给她一点儿支撑，但看着她仿佛拒人于千里之外的单薄背影，他脚下的步子，却怎么也迈不开。

黎岸舟回到房间，强烈的歉疚和负罪感让他坐立难安。他打开电脑上的加密文件，越发觉得痛苦和煎熬。

他这里，有米原国贪污的证据。

可是他，没有选择把这份录音公布于众。

黎申出车祸去世那晚，周式微也陷入昏迷，黎家在一夜之间倒下。黎岸舟手足无措，他慌了神，不知道该怎么办，外面的惊雷和暴雨第一次让他觉得惊恐。他一个人失魂落魄地从医院出来，穿过街道和天桥，走了几个钟头，终于走到了米家的小洋楼前。

他感到前所未有的慌张和无措，脑海一片空白，那个时候，他只能来找米沉。受到外界伤害时，寻求安全的庇护，这就像是动物的一种本能。

即便，他和米沉昨天还差点儿因为一块西瓜打一架。

无论他们之间的关系如何恶劣，如何互相嫌弃着，但他每次觉得冷、觉得难过，就会想要来找她。就算不碰面，远远看着她也好，看着她笑，面前的乌云仿佛就会散开一点儿。

他躲在葡萄架下，从米家厨房边的侧门轻车熟路地溜进去，却听到米原国和人说话的声音。

震惊之余，黎岸舟按下了手机的录音键。他从仓皇中回过神来，出奇的镇静，他在黑暗中潜伏，蜷缩在门帘后面，录下了所有的对话。

原来，米原国涉嫌贪污。

米原国和各方勾结，在和黎申竞争院长一职时，使用了不正当手段。如果不是米原国，或许黎申会得到他应得的，他就不会落选、不会酒驾、不会出车祸，周式微也不会倒下，黎家不会垮……

黎岸舟想要马上把手机里的录音交到警察局，一举揭发米原国，他那样迫不及待。可黑暗中传来了熟悉的声音——米沉出现了。

她走下楼梯，揉着眼睛："爸，这么晚了，你还有客人哪？"

米原国显然也没有想到大半夜还会有家人下楼来，一时疏忽大意，才没有去书房，这时只好赶紧打发米沉："喝完水快去睡觉，爸爸还有点儿事，等下就去睡了。"

米沉点点头，笑着说："爸爸晚安。"

"都多大的人了，上楼的步子轻点儿，别再把你妈吵醒了。"

"知道啦……"

平常温馨的对话，听在黎岸舟耳朵里，却像外面轰隆的雷声。原本坚定地想要举报米原国的想法，就在这时动摇起来。

如果他真的这样做了，那他喜欢的女孩儿该怎么办呢？

旦夕之间，她会和他一样失去父亲、失去圆满的家庭，从此，她的世界天崩地裂，再没有回旋的余地。

如果他真的这样做了，他就会毁掉米沉的人生。

晚上，黎岸舟做了一个梦，时光在梦境中倒流，回到了他刚来养父母身边的那天。

那时候，他刚失去全身心依赖的爷爷，初到陌生的环境，看着面前的小洋楼不敢进去。黎申粗心大意，不会顾及一个孩子敏感的心情。

小岸舟看着黎申已经走进屋里，他独自站在一排绿意盎然的篱笆栅栏前，攥着拳头差点儿哭出来。

面前突然凑过来一张包子脸，笑得眼睛都快看不见了，软糯的童声轻快地问他："你打哪儿来呀？"

米沉那阵子沉迷于《西游记》，活学活用，张口就顺了一句台词，小师父，你打哪儿来呀？

她想看看人家会不会回答："贫僧自东土大唐来，往西天取经去。"

结果等了半天，小岸舟没理人，通红通红的眼眶里含着一泡眼泪，要掉不掉的。他紧张地望着穿牛仔背带裤、剪了头小碎发，还缺了颗门牙的她。

她看起来同他一样高，年纪一般大，只是他分不出她是男是女，是良民还是恶霸。

小岸舟审视着米沉，到底是初来乍到，憋着声音不敢贸然说话。

米沉的脑袋瓜转了转，想起昨天还听她爸爸开玩笑说黎家捡了个便宜儿子，她不明白大人们话里隐晦又带着点儿讽刺的意思，看小岸舟站在黎家小楼前不动，猜到了一些，于是天真地问："我知道了，你是不是黎叔叔在马路边捡的儿子？"

那时年纪小，米沉不知道自己自作聪明的一句话多伤人。

童言无忌，米沉未曾放在心上，日后记忆模糊，她大致记得的，只是两人初次见面时黎岸舟终于滴出来的眼泪和那一双漆黑透亮的仿佛藏着太多哀伤的眼睛。

缘分由那一刻开始结下，而黎岸舟已经决定讨厌她。

入住黎家以后，上学时，黎岸舟经常会碰见米沉，他想要视而不见，却往往被吸引。米沉天生就是孩子王，她淘气，翻墙上树，同人打架，看不见底的荷花池，一跃而下，好像从来不知道什么叫害怕。

黎岸舟每一次提醒自己要记得讨厌她，可每一次对她的在意就加深一些。

他和她是青梅竹马，再长大一点儿，一起上初中、上高中，顺其自然，这种在意衍变成了青涩的喜欢。

可他不能让米沉知道。

当初那段在孤儿院里度过的时光始终停驻在他脑海里，后来被黎爷爷收养，又到了黎申夫妇身边，他衣食无忧、生活优裕，在同龄的孩子看来像个高贵的小王子，却有种与生俱来的自卑感。

他心里住着的一个幽灵在说话："她不会喜欢你。"

带着沉重的倦意醒来时，他打开灯，只觉灯光刺眼。

黎岸舟打量房间里的摆设，才恍恍惚惚记起来自己已经和周式微搬离小洋楼，在桐安区安了家。

他和米沉只有在学校才会遇到，他的态度变得十分恶劣，以前他也喜欢捉弄米沉，是孩子之间那种透着亲昵的玩闹，但现在变成了锋利的冷漠，连看她的眼神中都透着厌恶。

十几岁的年纪，怎么会那样喜欢一个人，又那样恨一个人？

他把那份音频拷贝出来，剪辑成了十二份，变为筹码，一次次用来威胁米沉。

黎岸舟一直觉得，米沉应该是不太喜欢自己的，所以就让这份不喜欢来得更加彻底。至少，能在她心底留下最深的印记。

这样一来，他们对彼此而言，多特殊。

米沉知晓他的出身，知道他只是个无依无靠被收养的弃儿，而他手握她父亲受贿的证据，知道她父亲是个罪人。

两人都掌握着彼此最难言的秘密。

不知不觉，他和米沉就走到了如今这样无可挽回的地步。

黎岸舟想起今天的 5000 米接力赛，米沉扶着的那个男生是谁呢？以前好像从来没有见过，她新认识的朋友吗？

以她散漫又随心所欲的性子，做人做事全凭自己高兴，其实不容易交到朋友，这些年除了一个宋稚子，很少有人能接近她。

虽然她跟班上的男生关系一贯不错，但远没有到那样亲密的地步。她以前总说男生身上有股汗臭味，一脸嫌弃的表情，今天却亲自架着那个男生走路。

黎岸舟几乎自虐地猜测着各种可能，任凭心里醋意泛滥。

第三章

他非我少年

01.

　　日子不紧不慢地过去，校园生活没有掀起什么大的波澜。当然，只要米沉不向黎岸舟告白，轰轰烈烈闹出大动静来。教室和宿舍每天都上演着鸡毛蒜皮的小事：放在宿舍楼下的开水瓶被偷了、早上喜欢的烧麦被卖光了、英语老师今天又换了新发型、隔壁班的某某数学竞赛获了奖……

　　匆匆忙忙的人影，在眼前穿梭。

　　日复一日，周而复始。

　　灼热的太阳不知从哪一天开始，终于不再那么毒辣，窗外的蝉鸣也渐渐销声匿迹，不用再堵着耳朵背单词。

米沉昨天晚上没有睡好，第二天起床晨跑的时候，病恹恹的，没什么精神。

宋稚子老远见她耷拉着个脑袋，趁老师不注意，从自己班的队伍里跑过来，加入了4班的阵营，和米沉并排跑着："沉沉，你昨晚是不是捉耗子去了？"

米沉斜了她一眼，连说话的兴致也没有。

宋稚子笑起来："你这样可怎么办？今天还要月考呢，千万别在考场上睡觉被老师抓住了……"

"今天月考？"米沉惊讶。

宋稚子比她还惊讶："你竟然不知道？！"

米沉两手一摊，眼神无辜："我真不知道。"

宋稚子无语了："那你有没有把握？这是这学期学校组织的第一次月考，你还是重视一下比较好。等下吃完早餐还有点儿时间，我去你们班，帮你押几道数学题吧，临时抱佛脚也不差。"

米沉抱住宋稚子拖长声音感叹："哎，你说，你怎么就这么贤惠呢？"

"因为你浑蛋啊，我才不得不贤惠起来。"

"宋稚子同学，你这语气好像在对负心汉说话。"

"你难道不是吗？"

米沉笑嘻嘻地把宋稚子兜帽衫的帽子狠狠地给她戴上。宋稚子反抗，扑过去，两人打闹起来。操场上晨雾消散，太阳已经冉冉升起，阳光照耀在鲜艳的国旗上，沥淮一中的校园里渐渐热闹起来。

第一堂课考语文，是米沉最擅长的科目。她只剩下一篇 800 字作文时，别的同学还在拼命地默写——"北海虽赊，扶摇可接；东隅已逝，桑榆非晚。"

因为考试的缘故，原先的座位完全被老师打乱。原本在最后一排的顾屿被调到了三组一号位置上，就在米沉的斜前方。

米沉做完试卷太无聊，打量起他的背影。

那天送他去医务室之后，她随口提议要送他回家，不出意外，顾屿拒绝了她。米沉丝毫不在意，只是语气里带着无限遗憾地说："是吗，真可惜……"后来宋稚子说，她当时的语气就像是一个调戏良家妇女的流氓。

米沉想想心里泛起一阵恶寒。

不管怎么说，她算是认清了，顾屿是个软硬不吃的家伙。

有时候，米沉会觉得，顾屿和黎岸舟有点儿相像，挺拔的背影相像，性格也有些相似，各有各的糟糕。真是搞不懂，她为什么会去招惹这样的家伙，难道她也有自虐倾向吗？

米沉烦躁地抓了把头发。

两天的考试很快结束，老师加班加点，硬是赶在十一放假之前批阅完了所有试卷，马不停蹄地公布了成绩。

几家欢喜几家愁，教室里哀声一片，也有几匹黑马超常发挥，被同学怂恿着请客。

米沉的成绩照旧，没有什么起伏。语文拿到了 147 分，单科成绩第二，只比第一名差 0.5 分。数学却惨不忍睹，文综还算过得去。排名下来，她卡在年级百来名的位置上，不上不下。

宋稚子毫无悬念地拿下文科班的总分第一。黎岸舟据说也考得还行，进了年级前十。

令米沉诧异的是顾屿，年级排行榜上，他进了前三十，英语和数学都是满分，多少让人觉得有点儿不可思议，毕竟他看上去好像从来没有认真听过任何一节课。

那么能考出这样的成绩，只能说明他底子很好，在转学来沥淮一中之前，他究竟是个什么样的学生呢? 也像现在这样不爱说话吗?

米沉看见有几个女生拿着数学试卷，慢吞吞地走到他桌前，似乎想要向他请教一下学习经验。他冷漠的嘴唇抿成一条线，没有开口的打算，换了一只胳膊枕着脑袋，面朝墙壁睡起来。

几个女生连话都没能和他说上一句。

"拽什么拽……"

"数学成绩好了不起啊……"

米沉隐约听到诸如此类的抱怨声，心情无端地变好起来。

月考之后就是小长假，班上的气氛比以往都要活跃。中午午休的时候，老师一转身，教室就恢复了吵吵闹闹的场面。

宋稚子因为稳坐年级第一的宝座，中午她妈妈给她做了榴梿炖鸡送过来，以示奖励。她特意给米沉留了一碗，找机会送来 4 班。

米沉一闻到榴梿味，就捏着鼻子跳开，嫌弃地挥手："赶紧端走，赶紧端走！"

"我妈说这个汤营养好，很滋补的，你真的不要尝一尝？"宋稚子试图诱惑她。

"不要！"米沉干脆地拒绝。

"你试试看，真的很好吃哦。"

"不吃。"

"可是味道真的真的……"

"宋稚子，你好烦啊！"米沉有点儿不耐烦地打断。

宋稚子有点儿受伤，脸上虽然没有任何不高兴的神色，但笑得有些勉强，不像抱着保温桶来找米沉时那么兴高采烈。

她失落地往回走，却被米沉拽住，怀里的保温桶被抢走。

"我吃，我都吃光还不行吗？！"米沉无比沉痛地说，嘴巴一咧，却又很搞笑。

静谧的午后，阳光从走廊尽头的窗口洒进来，两个女孩儿坐在空旷的楼梯间的台阶上。

米沉犹如承受酷刑，一口一口地把食物咽下去，鼻子皱了起来，露出视死如归生无可恋的表情。宋稚子脸上则带着小小的、狡黠的笑容，如同阴谋得逞。

她其实没有生气。

好像，从来没有办法真正生米沉的气。

但是好不容易能捉弄米沉一次，看她心甘情愿吃瘪的样子，还是会觉得很有趣。

宋稚子和米沉看似都是开朗活泼的，但实际是完全不同的两种性格。

米沉太过锋利，她活得比大多数人要任性，看心情行事，没心没肺的样子；而宋稚子则像个真正的小太阳，光芒万丈。她在班上人缘很好，会照顾旁人的情绪，再加上她家境优越、成绩出众，无论老师还是同学，都喜欢她。

很多人不明白，5班的宋稚子为什么会和4班的米沉成为好朋友？

宋稚子的爸爸是暴发户，连小学都没念完，就和人出去打工了。他中年发迹，迈入了有钱人的行列，宋稚子的生活也因此发生了翻天覆地的变化。

宋稚子到了新的环境，进入沥淮一中，唯唯诺诺，低头走路，不敢回答老师的提问、不敢大声说话、不敢和同学打招呼、不敢融入人群中。她闭上眼睛，就是曾经奔跑过的无边田野，一群打赤脚的孩子在泥巴地里玩闹，笑声飞扬，无拘无束，好像从她头顶飞过的候鸟。

宋稚子做梦都想回到之前的小山村，尽管穷一点儿，但很开心。她不适应在沥淮一中的生活，只得把大把的时间花在学习上，埋头苦读，让自己没有多余的时间和精力再胡思乱想。

遇见米沉时，宋稚子正在默诵《古文观止》，手上端着餐盘，眼睛没看路。正值梅雨季节，食堂的地面潮湿，泛着水汽，宋稚子脚下打滑，直接重心不稳地摔出去，餐盘里的南瓜全部抛到了前面人雪白的校服外套上。

黏糊糊的一大片黄色，宋稚子自己看了都觉得恶心，当下手足无措。

宋稚子比面前的人矮一点儿，稍微抬起头才看清对方的脸。她再避世，也还是认识米沉的，隔壁班的风云人物，行事张扬，常和男生混在一起打闹。

总之，是个不好惹的人物。

宋稚子脑子里瞬间闪过许多猜测，像这种情况，放在小说和电视连续剧里，对方大概会揪起她的衣领一顿羞辱，把事情闹大。

结果果然看见米沉把脏衣服脱下来，扔进旁边的垃圾桶里。宋稚子几乎在憋着一口气，等死。

"喂，你哪个班的？"米沉问。

"5……5班。"宋稚子低着头，心里打鼓。

"哦。"米沉不冷不热地应了一声，但这在宋稚子听来，却如同炸响在头顶上沉闷的雷声，"今天放学以后别走。"

宋稚子心想，完了。

宋稚子坐在教室里忐忑地熬过一个下午，想过下课以后直接逃跑，但是跑得了和尚跑不了庙，只要她还在这所学校读书，以后就必定会撞见米沉。

倒不如今天解决干净，来个痛快。

她如临大敌，努力地做着心理建设，全然没有注意已经走到窗户旁边的米沉。等她抬头时，顿时吓得脸色惨白，活像突然见了鬼。

米沉看不透宋稚子丰富的内心活动，将手里一沓钱递过去给她："喏，中午在食堂踩坏了你的手表，这是赔你的钱。"

宋稚子脑海一片空白，还以为米沉伸过来的是拳头，下意识地就闭上了眼睛。

米沉看得有趣，笑着问："我都赔钱了，你怎么还一副要死了的表情？"

中午在食堂，宋稚子泼了米沉一身南瓜，紧张得没注意到自己口袋里的东西掉出来，恰巧被米沉踩了一脚。

那是爸爸给她买的新款手表，宋稚子不懂表盘上刻着的 LOGO 是什么品牌，她只觉得上面镶嵌的碎钻晃眼，太过奢华，根本不适合一个学生戴。宋稚子不喜欢，就随手收下塞进了口袋。

结果表被踩坏了，她丝毫没注意到，满脑子想着惹上了米沉该怎么办？

而米沉一眼看出那块表价格不菲，自己身上没有那么多现金，只好回家拿钱，跟宋稚子说好放学后再去找她。

于是便闹了这出乌龙。

宋稚子由此认识米沉，渐渐接触多了，她知道这个误打误撞得来的朋友有多珍贵。米沉带她认识更多的人，领着她熟悉沥淮的大街小巷，让她从讨厌到喜欢上这座城市。不知从什么时候开始，班上的同学发现宋稚子变了，她性格开朗许多，也很热心，向她请教学习上的问题从来都是耐心解答。她在不知不觉中融入集体，终于适应了在沥淮的生活。

宋稚子常常觉得，米沉是她的引路人，像一根上天恩赐的浮木，在汪洋大海中，突然漂流到她身边，给她支撑和依靠。

所以她小心翼翼，那样珍惜。

"刚接触的时候，为什么你好像很怕我？"

"你恶名在外，我听多了，先入为主……当时还以为你会生气地把餐盘扣在我头上。"

"噗……"米沉嘴里一口汤喷出来，"我应该没那么残暴吧？我可是好学生，才不会欺负弱小同学。"

"看上去就是一个恶霸。"宋稚子笑，"国庆放假你准备去哪儿玩？"

"躺家里睡觉吧，睡够了再出去转转。你呢？"

"应该会跟妈妈回乡下待着，那边凉快，可以避暑，地里都是西瓜蔓和葡萄架，瓜果都特别甜，"宋稚子满心憧憬，乐滋滋的，"等返校了我给你带。"

02.

七天小长假开始的第一天，米沉意外地醒得很早。米原国和杜小清不在家，她叼了两片面包啃，一杯牛奶灌下去，马马虎虎就算解决了早餐。

拉开客厅的窗帘，外面是个多云天气。她无聊地坐在飘窗上拿平板刷了会儿网页，头靠着抱枕，突然想要去一趟桐安区。

那一片鱼龙混杂，只要肯出钱，打听出黎岸舟的住处并不难。

只是等米沉真正找上门去，站在连转个身都困难的窄小楼道里，她想象着黎岸舟低着头在这里穿梭，忍受着食物腐烂的气味和飞舞的蚊蝇。她想要敲门的手抬起来，又垂下去。

她贸然找来，这又算什么呢？同情吗？黎岸舟最不需要的就是她的同情。

是她爸爸害黎家到了这个地步。

米沉默默站了十来分钟，进退两难，既不敢进去，又不甘心无功而返。

门却突然从里面打开了，是拎着垃圾袋的周式微。

周式微认出米沉来，态度谈不上有多热络，但还算客气，问："来找岸舟吧？他和同学去愚庄玩了。"

"那……他什么时候回来？"

"听他说，至少会在那边待个三四天。"

"谢谢阿姨。"米沉朝周式微郑重其事地鞠了一个躬，惭愧又心虚，只得赶紧转身离开。

在米沉找去桐安区时，黎岸舟和班上的七八个同学已经到达愚庄。

愚庄是一座以陶瓷和山水闻名的小镇，在地图上紧挨着沥淮市的西北角，位置有些偏僻，近几年政策支持才被开发出来。有富商投资，在中心地带修建了一座旅游度假村，渐渐才有了名气。

黎岸舟一直对绘画兴趣浓厚，虽然没有进行过系统的学习，但是多年自学也琢磨出来一点儿门道。

行李一放下，他就拿着画具准备出去写生，手上拿了份刚从民宿老板娘手上买来的地图。

愚庄随便一处都是风景，黎岸舟走了一段路，把画架搭在杨柳堤岸上。眼前雾多，还没有散尽，朦朦胧胧一片，看上去仿佛凝了霜，好像已经进入秋冬季节。这里的气温也确实要比外面低好几度。

黎岸舟画到一半的时候，碰见了同班的两个女生。她们见惯了黎岸舟不着调的样子，这会儿看他一个人安安静静地画画，端坐在岸边，反差太大，倒有种莫名惊艳的感觉。

"这还是咱们班那个黎岸舟吗？"其中一个女生问。

"痞子转性了。"

"千及，你是他女朋友你不知道？"

那个叫阮千及的长发女生笑了笑，可有可无地替自己解释了一句："我跟他是大家传出来的，闹着玩的。"

平时班上的男生闲得无聊，胡乱配对而已。黎岸舟是班草，阮千及是班花，两人传出点儿什么也很正常。

两人说话声音不小，却不见黎岸舟朝这边看过来，不知道是真没听见，还是故意忽略了她们。

阮千及离开时，却也忍不住刻意回头望了一眼。

黎岸舟第一幅画画的是风景，烟雾缭绕的水乡景色，空灵缥缈的意境，但缺了点儿出彩的地方，少了画龙点睛之笔。到了第二幅，他落笔时大脑空白，笔尖像有了自己的神智，纸上慢慢现出一张脸的轮廓，米沉的模样渐渐显露出来。

等终于画完，他仔细看看，还是觉得不满意，很多处下笔太重。他打算扔掉，将画纸揉成一团。

黎岸舟都走到了垃圾桶前，但又舍不得，用手指小心地把纸团展开，抚平上面的褶皱。

黎岸舟走回民宿时，到了吃晚饭的时间点。他所住的民宿不远就是度假村，其中一家叫春风楼的酒家很出名，他们提前在网上预订了座位，一群人浩浩荡荡地赶过去。

其中只有阮千及和肖晴两个女生，走在男生中间。

黎岸舟手上拿着画板，胳膊夹着画册，东西看上去挺多，两手不得空，走在他旁边的阮千及问："需要帮忙吗？"

黎岸舟方才认真画画时的模样已不复存在，和男生勾肩搭背，又笑着油嘴滑舌地打发她："得了，不敢劳烦大小姐您。"

阮千及讪讪地收回手。

旁边的人见他们俩说话，看热闹似的开始起哄。阮千及脸上挂着笑，也不否定，黎岸舟似乎没放在心上。

饭桌上，男生拼酒，女生喝果汁。

黎岸舟受欢迎，被灌得最多。他原本酒量就一般，半小时过去就醉了，昏沉沉地倒在包厢的沙发上睡觉。

里面的冷气足，温度有点儿低。阮千及问服务员要了床小毯子，帮他搭在腹部。

黎岸舟下意识地用手去扯开，他一动，手肘下的一本画册摔到地上，里面的素描纸全掉了出来。

阮千及捡起来看，认出画上的人是米沉。

阮千及和所有人一样，一直以为米沉巴巴追着黎岸舟，而黎岸舟是不屑一顾的，甚至有几分厌恶。

如今看来，好像不是那么回事。

有谁会将一个讨厌的人画得这样生动、美好？

　　阮千及仿佛撞见了一个深藏的秘密，手忙脚乱地把画纸夹回书里，放回原处。好在黎岸舟醉醺醺的，没有看见。

　　酒足饭饱，不知道是谁突然提到了米沉的名字，一伙人想想米沉的光辉事迹，又看看沙发上醉得不省人事的黎岸舟，各种馊主意源源不断地冒出来。

　　有人问："你们说，米沉到底有多喜欢咱们岸舟？"

　　"试试不就知道了。"阮千及搭腔道。

　　"这个……要怎么试？"

　　阮千及使了个眼色，旁边的肖晴心领神会，起身拿到了黎岸舟放在一旁的手机，得意地晃了晃："等着看好了。"

　　米家小洋楼。

　　米沉坐在房间的地板上打游戏，手机屏亮了一下，是条短信飞进来了。她扫了一眼，扔了游戏手柄，点开来看。

　　"我吃霸王餐被人扣住了，现在需要一万块钱救场，来不来随你。"

　　发件人是黎岸舟。

　　米沉心里一跳，立即回拨过去，问："你现在在哪儿？把地址告诉我。"

可电话只接通了一秒，就立即挂断。

米沉无法判断黎岸舟那边的情形，她想起白天周式微说黎岸舟去了愚庄，应该就是在那里出的事。

短暂的慌乱之后，她一边拍拍脸，让自己镇定下来，一边安慰自己："黎岸舟会没事的，不要怕。"

大人不在家，米沉去米原国的书房里取了现金出来，放进背包里。她快速收拾了下东西，就出门去车站。

现在时间是晚上八点多，直达愚庄的大巴车还剩最后一辆。她一路跑过去，终于赶上。之后，黎岸舟的手机再也打不通，她只好发短信过去说自己马上赶到。

大概两个半小时的车程，夜色深沉。

车内除了司机和售票员，只有米沉一个乘客。她坐在后排靠窗的位置，被风一吹，后知后觉地发现自己出了一身冷汗。黎岸舟只说被扣住了，她全然不知道那边具体的情况，只希望付了钱就能息事宁人。

路上有点儿颠簸，她自虐一般地把头抵在窗沿上，被磕痛，最后渐渐麻木。

远处是连绵的山峦和零星的灯火，车越往愚庄开，地段越僻静，那些星光和灯影仿佛也越来越暗淡。

03.

　　黎岸舟睡了一觉，醒来又被灌了一遭，扶着墙壁差点儿吐出来。他等恶心的感觉渐渐下去，手里捏着瓶矿泉水，准备喝两口水。

　　包厢的门突然被一脚踹开。

　　那声音太过突兀，虽然分贝也没有多大，但刹那间满室的人都不约而同地安静下来，诧异地望向门口。

　　米沉手上拽着一个黑色的包，气都还没喘匀，眼神冰冷地看着这一屋子的人。

　　她到了愚庄车站之后，直接朝度假村的方向赶，从两岸的饭店打听过来。她指着手机里黎岸舟的照片一路问到了春风楼，服务员说这人她见过，因为长得太好看了，一眼就能让人记住。

　　但服务员又说了，这小帅哥没吃霸王餐啊，也没被他们酒楼扣下来。

　　米沉知道，自己被耍了。

　　包厢里，原本照明的是昏暗朦胧的彩灯。

　　米沉抬手在画满菱形花纹的墙壁上用力一拍，头顶两排强烈的白炽灯，齐刷刷地亮起来，霎时把每个人的面目照得惨白，连脸上僵硬的神情和空气里细微的尘埃都无处遁形。

黎岸舟走到米沉面前："你怎么来了？"

米沉仰着头，直视他的眼睛，费力地扯起嘴角朝他笑："你说呢？"从接到短信奔波到现在，知道他没事，她总算放下心，血管里的血都像被冻住了，怒火却在心底熊熊烧起来。

"什么意思？"黎岸舟皱眉又问。

米沉没说话，从背包里掏出一个牛皮信封，倒出一沓钱，朝他一扔。

崭新的红色纸币像风吹雪花一样四散开来，锋利的边角从黎岸舟的脸上划过，带来辛辣的痛感。

一屋子的男男女女醉意和睡意全消，一个个惊骇地瞪大眼睛看着面前发生的这幕，如同被噤声，安静得好似不存在。

靠坐在沙发一角的阮千及没有说话，她双腿交叠在一起，紧张得手指都掐进沙发里。

"你到底什么意思？"黎岸舟挡住米沉的去路，声音森冷又压抑。

"你不是要一万块钱的保释金吗？我现在给你送过来了，给你啊……"米沉踩着脚下的钱，她知道有些话说出去覆水难收，无法回头，在心上划下的疤痕或许永远都无法消弭，但是她没有办法控制自己出口伤人的冲动，"黎岸舟，你现在不是正缺钱吗？"

越在乎，越害怕；越愤怒，越口不择言。

从沥淮赶到愚庄，她打不通黎岸舟的手机，不知道他的任何情况，怕他受伤，怕他出意外，怕自己动作慢了，怕会来不及。

她什么都怕，只因为他。

结果，却是一场闹剧。

米沉转身要走，黎岸舟拽住她的一只胳膊："把话说清楚。"

米沉笑他虚伪，把手机拿出来给他看里面的短信。

视线在屏幕上浏览，黎岸舟的手背上青筋突起，脸色越来越沉。

他身后的同学知道事情闹大了，吓得大气不敢出，全都一言不发。

这时，一个声音突然响起来："这事是我的主意。"

阮千及站了起来。

她走到米沉面前，重复道："这事儿是我的主意，跟岸舟没关系，他当时睡着了，整个包厢的人都可以作证。"

"哦？"米沉的视线落在阮千及的身上，"那就轮到我问你了，你什么意思？"

阮千及说："你不是很喜欢岸舟吗？我们想替他试……"

"啊……"阮千及吓得发出一声尖叫。她话刚说到一半，米沉的拳头已经径直砸过来，离人脸还差两毫米时，被黎岸舟准确拦截住。

米沉看着阮千及惊慌的样子笑："我和黎岸舟的事，和你有什么关系？你要是想管，就跟我打一架，赢了才有资格在我面前嚣张。"

阮千及咬紧了嘴唇，殷红色的碎花裙子反衬出她的脸毫无血色。她早没了先前的镇定自若，目光求救似的望向黎岸舟。

黎岸舟蹲下去，把米沉发疯撒了一地的钱一张张捡起来。米沉不敢置信，看着他低下去的头颅和黑色的发顶。

那样高傲的人，在她面前弯下了腰。

"今晚这事我确实不知道，我代千及向你道歉。"黎岸舟伸手，把那沓钱递给米沉，"现在拿着你的钱，滚出去。"

他朝她伸出手的姿势，明明就像是要牵手、要拥抱，就像是回到了小时候。

现在，却锋利如刀刃。

曾经和米沉一起长大的黎岸舟，米沉曾经发誓想要默默守着他一辈子的黎岸舟，现在，让她拿着钱滚出去。

感情像植物，年深日久，过度汲取，肆无忌惮地耗尽了养分，枝叶就容易枯萎。

米沉终于感觉到了一点儿灰心。

黎岸舟上前一步，薄削的唇瓣擦过她的耳朵，他用只有他们两人才能听到的声音对她说："你以为，你米家的钱，又有多高贵？"

04.

愚庄夜里起雾，月光照在波光粼粼的河面和岸边的青石板路上。四下无声，偶尔传来几句低低的对话，马上又归于宁静。

米沉要按原路返回车站。

来的时候光顾着着急，一个劲儿地往前跑，没觉得这条路有多长，现在一个人慢悠悠地走回去，只觉得距离太远，好像没有尽头。

背后响起一阵脚步声，在安静的空中听起来突兀，米沉条件反射地回过头看了一眼。

"顾屿？"

米沉惊讶地问："你怎么会在这里？"

这时候已经快接近午夜十二点了。

顾屿惜字如金，似乎不打算解释。他穿着一件黑色的兜帽衫外套和黑色的休闲裤，皮肤很白，月光一照，冷清又凉薄，只有唇上一抹绯红艳色。十分突兀的是，他右手上端着一块看上去可爱甜美的草莓慕斯。

"你……"这下米沉也不知道该说什么了。

三个小时前。

顾屿还捧着电脑坐在院子里乘凉，桌子上的老人机癫狂地振动起来，来电显示"纪女士"。

他不太想接，但终究还是没挂断："喂，什么事？"

纪临丝毫不在意他的冷淡，高兴地说："今天我会去沥淮旁边的那座叫愚庄的小镇参加剧组的庆功宴，不如你也来吧？车程很近，我都好久没有见到过你了……"

"没空。"顾屿一边敲代码一边说。

"小屿，你怎么这么狠心？"纪临的尾音带颤，演技太好，似乎真的快哭了。

顾屿飞快地在键盘上跳跃的手指停了一下，说："你和我见面被人拍下来会很麻烦。"

"你难道不想妈妈吗？"

"不想。"

"嘁，小孩子都是这样口是心非。"

"我挂了。"顾屿显然不想再继续聊下去。他猜纪临今晚应该喝了酒，不然跟他说话的语气不会这样亲昵。

可他到底还是放心不下，按照短信上的地址找了过去。

纪临所在的剧组因为戏份杀青，包下了愚庄度假村里规模最大的一家商务酒店。顾屿远远看见纪临穿着晚礼服在和人敬酒，他站在一棵大榕树的阴影下，不想再走近，因为身份见不得光。

等了很久，纪临才得空悄悄跑过来，她身上带着点儿酒气和烟味，但说话还很清醒。顾屿确定她没事之后就准备回去。

纪临难得有些愧疚，拉住他问："小屿你有没有吃晚饭？"

顾屿沉默，双手插在口袋里，已经开始不耐烦再待下去了。

"你等等。"纪临把自己手上那块草莓慕斯硬塞给他，"你吃着垫一下肚子，不准扔垃圾桶。"

顾屿无奈，敷衍地点了下头。

"在新学校还习惯吗？"在酒精的作用下，纪临说话有了点儿温情的假象，"有没有交到朋友？"

"我这边遇到了点儿麻烦，有人想扳倒我上位，动不动就搞暗中调查，如果你的存在被发现了……"纪临顿了一下，似乎不敢继续想象后果，话锋一转，"我会想办法尽快接你走的。"

顾屿说："不用了，沥淮很好。如果我真的想走，早就走了，这点你可以放心，我已经长大了。还有，你好好演戏，这是你自己选择的生活，不必担心我。"

十六岁的少年，站在婆娑繁密的树影下，站在愚庄古旧的夜色里，对他的母亲说"我们都不会成为彼此的羁绊"，以此，度过了他十六岁的生日。

回程的路上，他遇见米沉，像是上帝刻意安排的一个小小的生日惊喜。

顾屿把手里的草莓慕斯递给米沉，后者有点儿受宠若惊地接下来。

弥漫在嘴里的甜味大概有治愈人心的功效，让米沉因为黎岸舟而低落的心情好了许多。她问顾屿："大半夜端着一块草莓慕斯在路上走，真的很奇怪哎，今天你生日吗？"

顾屿没有否认。

"难道是真的？"米沉低头看着被自己一口咬掉了的草莓，有点儿愧疚，"那我岂不是抢了寿星的东西？"

"不算抢，"顾屿说，"我送你的，我们俩谁吃都一样。"

说来也巧，今天纪临随手一塞，竟是他从小到大收到的第一块生日蛋糕。

他们同路，很快变成肩并肩地往前走，脚步声重叠在一起。

没有勺子，米沉始终只能张开嘴啃慕斯，像只在墙角偷食的小老鼠。脸颊上蹭到了一点儿粉色的奶油，她却浑然不知。

顾屿看了一眼，再低头，又看了一眼。

眼睛里多了点儿笑意，但他就是什么也不说。

他们没有再追究彼此为什么会出现在愚庄,好似殊途同归的人,月光照路，深夜做个伴，一起往愚庄的汽车站走去。

　　结果毫不出乎意料，等他们赶过去的时候，那个原本客流量就稀少的破旧车站已经早早关上了大门。在路边搭上顺风车回沥淮的可能性，几乎为零。米沉和顾屿除了将就着在这荒郊野外度过一晚，别无他法。

　　站外的屋檐下有张木头做的长椅，米沉心宽，拍拍灰就坐下来："今天就在这里过一晚了，明天搭首班车回去。"

　　愚庄夜凉，她只穿着一件单衣，把背包取下来放在膝盖上，抱着也可以取暖，只是似乎没有多大的作用，手臂上冻得起了一层鸡皮疙瘩。

　　顾屿把外套脱下来扔给她："穿上。"

　　米沉想想之前的事，自己也算帮过他两回，一来二去，也不用跟他客气了。毕竟，出来混总是要还的。

　　她把头从兜帽衫里钻出来，恍惚闻到了衣服上散发的一阵淡淡的皂角香，干净温和的味道。衣服穿在身上空空荡荡，像披了床薄薄的被子，下摆几乎快到她的膝盖。

　　"虽然很大，但是还不错。"米沉中肯地评价，"谢了。"

　　顾屿侧身，拨了拨她蹭到脸颊上的头发。

　　米沉惊愕，而他的动作显得有点儿笨拙，她不听话的长发又被风拂起，打了结，理不顺。顾屿皱着眉，严肃认真，干脆扯起外套的帽子，一把给她戴上。

这下，不管东南西北风都吹不乱了。

米沉整个人就像陷进了他的外套里，一双眼睛眨了眨。

她觉得今晚的顾屿不太对劲，或许就在刚才，他也遇见了容易触动他神经的某个人、某件事。

但她无从打听，每个人都有自己守着的一块领域，旁人无法涉及。

现在她只想让脑子尽快放空，暂时忘记黎岸舟，忘记阮千及，忘记米家和黎家。

高高挂起的弯月一如既往的遥远，附近传来溪涧流动的水声，对面的灌木丛和杉木林黑沉沉的一片，好似鬼魅。

待在这样荒凉的地方，她反倒觉得安心。

顾屿也不知道望着前方在想什么。

直到过了许久，米沉终于有了睡意，一道声音在她身旁平静地响起："你觉得困的话，可以靠着我睡会儿。"

第四章

你有没有见过一个小乞丐

01.

国庆假之后复课，高二年级传出了一条轰动性的八卦消息——黎岸舟名草有主，他正式和阮千及在一起了。

在外人看来，这无异于打了米沉一记响亮的耳光。她辛苦追了八百年的人，被别的女生伸个手指头，轻轻松松就给勾搭走了。

米沉回想在愚庄发生的事情，平静下来，反而没有太大的情绪波动，只是中午吃饭的时候多给自己点了一份糖醋排骨。

最生气的是宋稚子，她怕米沉难过，从学校的商店买了两大桶爆米花送到米沉的课桌上。

米沉说："你这是庆祝我失恋吗？"

宋稚子冤枉，赶紧摇头："我是想用美食治愈你！"

米沉吃了一颗，又甜又腻，嘴里还干巴巴的，挑嘴道："你就不能请我吃点儿好的、治愈效果佳的美食吗？"

宋稚子上道地掏出两张餐券："这周五放学后，海鲜大餐，怎么样？"

米沉满意了，点点头："小同志，你很上道。"

"对了，沉沉，你上次不是说想要做兼职吗？我跟我爸打听了一下，这家餐厅正在招服务生，正好还有两个名额的空缺。"

周五晚上，米沉趁着和宋稚子吃大餐的时候实地考察了一番，觉得周末来这家餐厅打打零工应该不错，环境好、工资也比较公道。宋稚子的爸爸是餐厅的股东之一，于是，米沉走了一次后门。

米沉发现顾屿也在找兼职，是出于一次偶然的机会。

他的一本数学练习册里夹满了各种招聘临时工的小广告条，米沉从他课桌旁路过时，衣服不小心把练习册带到了地上，里面的小广告条全撒了出来。

米沉摸不太准顾屿的家庭情况，他看上去确实拮据，但是却独自租下了西池街上一座独门独户的小院，连许多陪读的家长在校外租房也不会这么大手笔。

"你是在找兼职？"米沉不确定地问。

顾屿点头默认。

"你很奇怪。"

"嗯？"

"你租住的地方明明不便宜，但是你的吃穿用度却……很节俭，看上去……"米沉点了下脑袋，还是决定直说，"很穷。"

"因为钱全部用来付房租了，所以没钱买衣服，这不是很正常吗？"顾屿反问。

这个逻辑听起来似乎没错，但米沉总觉得哪里不对。她没继续深究，提议道："我知道有家餐厅很靠谱，你要不要来试试？"

然后，米沉把顾屿推荐给了店长。

顾屿的外貌条件是加分项，而且他做事手脚麻利，各项条件过关，便顺理成章地留下来，成为米沉的搭档。

"你呢？你周末为什么会出来工作？"难得顾屿问起了米沉。他平时听班上的人在传，说米沉的爸爸是某家医院的院长，她应该不至于缺钱花。

米沉说："体验生活，我们都是共产主义接班人！"

顾屿破天荒地笑了一声，戏谑的语气揭穿她："你连去食堂吃饭都嫌路远。"

"不要诬蔑我，你听谁说的？"

"亲眼所见，你在食堂打饭排队，从来不去二楼和三楼。"

"……"

米沉讪笑，装作没听见他话里的揶揄，埋头择菜。不经意间侧眼一看，顾屿面前的蔬菜已经洗得干干净净，从清水里捞出来以后，分门别类地摆放着，他手上的动作迅速，看上去很专业。

"我发现你好像很擅长干家务活……"

顾屿说："只是熟练而已。"

米沉愣了愣，一时没想明白，后来又觉得他大概是从小独立，一个人生活惯了，便没有继续深究。

02.

周日晚上五点半下班，外面下起了大雨，一道一道的水痕顺着透明玻璃窗往下淌，好像天神汹涌决堤的眼泪。只是一个短暂的下午，天气已经降了温，街边的玉兰树被雨冲刷得摇晃，马路上车辆飞驰，水花四溅。

"明天学校见。"

米沉朝顾屿挥挥手，在餐厅门口和他道别，他们的家位于不同的方向。

"对了，明早要交周记和五张数学卷子，你不要忘记了。"

她回过头来提醒，撑着伞站在台阶下，墨绿色的伞沿挡住了部分视线。雨声喧哗，她说话的声音也很大，似乎怕顾屿听不见。

顾屿点了点头。

他没有想好下一句要说什么来回应她，她就已经转身走了。

他慢一步，被店长叫住，说今天店里搞活动剩下一些甜品要分给店员。顾屿拿上自己和米沉的那份，打伞追了出去。

米沉的脚步不快，只过了红绿灯，顾屿本可以马上叫住她，却意外地没有出声，一言不发地跟在她身后。

米沉没有回家。

她去的是相邻的一条街，那里有家叫 Blackish Dreen 的酒吧，黎岸舟在那里打临时工。她站在不远处的路灯下，看着那个穿黑白两色衬衫西裤的男孩儿熟练地架着醉酒的顾客出来，帮他们打开车门，扶他们上车。

上一秒嘴里说着欢迎下次光临，下一秒转头已经面无表情，显然他不怎么喜欢这份工作，但这里的工资比一般的兼职要高。

他的头发上打着发蜡，抓出了一个当下正流行的发型，一排耳钉折射出细小的光芒，映衬着他轮廓深邃的脸庞。

米沉一直站着不动。

直到黎岸舟重新进去，她才拿出手机打了个电话。不一会儿，酒吧里跑出来一个人，西装革履，打扮得比普通服务生要更成熟一点儿，年纪也更大一些，像是酒吧经理之类的人物。

米沉从口袋里掏出一张银行卡给对方。

"卡里的钱不多，除了每个月打给黎岸舟的一千五，其余的都是你的……麻烦你了，请一定帮我保密，不要让他知道。"

"你放心，那一千五我就说是奖金和提成，他不会怀疑……"

"这件事就麻烦你了。"

"没问题，我一定帮你把事情办得稳稳妥妥的！"

他们之间只简单地聊了几句，顾屿除了哗啦啦的雨声什么也听不见，却又好像什么都明白了。

顾屿想起之前问米沉的问题："你呢？你周末为什么会出来工作？"

"体验生活！"

果然，她说的都是假话。

只是顾屿没有想到，她能替黎岸舟做到这个地步。

她宁愿自己在餐厅端盘子洗碗，赚一点儿钱，然后不动声色、千方百计地通过这种方式把这些钱塞给黎岸舟，并且还要维护他的自尊心，守得死死的，不让他发现。

笨拙又可笑的行为。

可顾屿觉得，他怎么有点儿羡慕？

一路走回西池街，天已经完全黑了。

顾屿站在院门前，前面的房子漆黑一片，里面没有一点儿光亮。他只能独自走进这片黑暗里，小心地踩着台阶进门，然后摸索着墙壁开灯。

裤脚下面一截儿都被浸湿了，鞋子进水，双脚好像被泡得发胀。

他一遍又一遍地想起米沉，想起刚刚那一幕，米沉在 Blackish Dreen 对面远远望着黎岸舟的样子。即便黎岸舟那样伤害过她，他们之间针锋相对，她还是会在下着冷雨的傍晚默默地、安静地去到那里，只是为了看他一会儿。

顾屿不明白那是种什么样的情感。

他从小到大，没有得到过这么细腻的爱。

他才一丁点儿大的时候，纪临要去外地拍戏，一连几个月不会回来，他拉着纪临的衣服问："妈妈，不当演员可以吗？"他无比认真地向她保证，"我会赶紧长大，努力赚钱给你花。"

纪临弯下腰摸着他的头说："妈妈想要成为影后，以后站在最耀眼的颁奖典礼上。"

她有自己毕生追求的荣耀和梦想，顾屿对她而言只是个不该降临的意外，她抚养他长大已经算是仁慈，怎么可能再为了他留下来，绊住自己的脚？

顾屿再长大一点儿，懂得更多了，就不再问纪临这样的问题。

他跟着纪临四处跑，时常换生活环境，转学和搬家是家常便饭，因此他也交不到信赖可靠的朋友。

他没有亲情，也没有得到不离不弃的友情。

来到沥淮以后，他像一个局外人，从一开始，冷眼看着米沉在黎岸舟那里碰壁受伤，渐渐被吸引，才知道原来真的有一个人会无怨无悔地拿真心对待另一个人。

而他，终于不再满足于只当一个局外人。

03.

晨读之前交作业，语文老师路过顾屿的座位，特地拿起他的练习册检查了一遍。破天荒地发现，该完成的部分他居然全部完成了，虽然正确率不高，一篇作文也写得马马虎虎，但好歹作文格都填满了。

语文老师说："大家都要向顾屿靠拢，最近他的学习态度越来越端正了……"

米沉翻着漫画书笑了一声，头也不抬，就随口应道："天天上课睡觉这也叫态度端正啊？"

语文老师走过来把她的漫画书没收了。

米沉这才发现刚刚说话的是语文老师，垂头丧气地耷拉着脑袋，眉头都皱到一块儿了，顾屿却看着她笑了。

这时，班主任拿着花名册走进来宣布："今天下完最后一节课换座位。"

教室里一片哗然。

班主任找到米沉，商量的口气："这次你跟顾屿坐同桌怎么样？你语文成绩好、数学成绩差，他数学这次满分，但是语文不及格，老师想让你们组成一个学习互助小组，互补一下。"

米沉想了想，没有拒绝。

班主任说"那就这么定了，你以后多花点儿工夫在数学这科上，上个星期你爸爸还给我打电话了……"

米沉默默埋下了头，悄悄往另一只耳朵里堵上一团棉花。

"这次咱们俩要坐同桌了，你知道吗？"下第二节课升国旗时，米沉见顾屿站在他们班男生队伍里的最后一排，自己也绕到了女生队末尾，跟顾屿平行站着，和他说话。

顾屿原本正在眯着眼睛打瞌睡，摇了摇头。

"你昨晚没睡觉？看起来像熬了个通宵。"

　　"嗯。"顾屿昨晚敲代码到下半夜，确实没睡好。

　　前方突然响起掌声来，是学生代表在国旗下讲话，在众目睽睽之下穿着校服走上台阶的是阮千及。她今天扎了个高马尾辫，青春靓丽，初秋的太阳照在她白皙的脸上，她整个人仿佛就是美好的代名词。

　　"月考之后，在国旗下讲话的不应该是年级第一名宋稚子吗？"旁边的队伍里有人小声在议论。

　　"阮千及在理科班的成绩同样名列前茅，而且她比宋稚子长得好看，估计学校领导就安排了她把宋稚子挤掉了……"

　　"今天会有嘉宾来学校参观，可能学校比较注重整体形象。"

　　"什么意思？我们班宋稚子又不是长得见不得人！"

　　米沉踮起脚朝5班女生的队伍里望了一眼，宋稚子排在靠前的位置，根本看不到，清一色的校服在阳光下有点儿晃眼。

　　校园里的每一个角落都回荡着阮千及的声音，米沉没心情听，好在几分钟之后终于消停。到了最后，她同顾屿两个人都懒洋洋地立在秋阳下打起了盹儿，风吹动树叶沙沙地响，头顶有飞机掠过发出一阵遥远的轰鸣，又消失在云层后。

　　中午，米沉去找宋稚子一起吃饭，见宋稚子半点儿没受影响，食欲很好，还多喝了一碗排骨汤。

"不就是一次国旗下讲话嘛，我没有很在意，这样的机会抢了就抢了，我还懒得背稿子呢。"

听宋稚子这么说，米沉就知道她没事了，使劲给她夹菜，她面前金黄的玉米粒和水煮肉堆成了一座小山。

"沉沉，你当我是猪吗？"

"猪比你好养。"

"喂，那不是顾屿吗？"宋稚子突然用手肘推了米沉一下，"你最近和他好像走得比较近？"

米沉转过头，发现顾屿端着餐盘被一个女生拦住了，对方伸出双手，递过去一封粉红色的情书。顾屿脚步一顿，熟视无睹般，绕道走了。

"真无情，我仿佛看见了第二个黎岸舟。"宋稚子点评。

米沉只是在琢磨，不知不觉中，原来顾屿这家伙已经这么受欢迎了，刚才又听到有人在议论他。

下午课间，广播里下了通知，四点半在学校大礼堂里有一场讲座。下午上自习课的同学，有兴趣可以去听讲。主讲人叫李霁昀，是一个颇有名气的画家，沥淮一中是他的母校，这次特地回来看看。

米沉溜回宿舍，神神秘秘地拿来一个米白色的手工布袋，跑去了礼堂。

李霁昀的讲座已经开始，礼堂上座率很高，估计许多班上的学生就算不是上自习，也逃课过来凑热闹了。

米沉一眼就看到了黎岸舟，他就坐在过道旁的一个位置上，目视前方，很认真的模样。米沉知道他从小喜欢美术，虽然没有上过专业的辅导班，但画出来的作品很有灵气。他会来，也不奇怪。

他旁边坐着阮千及。

这两人似乎已经形影不离了。

米沉随意找了个座位坐下，等李霁昀讲完，人都陆陆续续散了，她却留了下来。

米沉在走廊外面拦住了李霁昀："李老师您好，我有个朋友很喜欢绘画，您能指导指导他吗？"

她说得匆忙，冒冒失失的，迎上去的目光坚定而清澈，怀着这个年纪里的一腔孤勇。

李霁昀心性豁达，没有生气，他只是有点儿诧异。

米沉连忙把布袋打开，里面是黎岸舟的许多作品，她拿给李霁昀看。

"我朋友没有系统地学习过，这些都是他自己琢磨着画出来的……"

那些画虽然纸张大小不一，但是叠得整齐，有的边角已经泛黄有些年头，有的却还崭新如初，是米沉收集了很长一段时间才得来的。

　　李霁昀一张一张地看下去，眼睛里有了欣赏的神色："是不错。"

　　米沉笑得开心，隐隐地感到骄傲和得意："我朋友真的很有天赋，您能不能抽空指点指点他？"黎岸舟是千里马，这些年他只是随笔画画，也已经达到这个水平，如今他只差一个伯乐。

　　李霁昀将近古稀之年，正好还差一个接班人，求贤若渴，于是说："你叫他来见我，我跟他聊一聊。"

　　米沉为难地说："我来找您这事，您能不能帮我保密？他要是知道了就不会过来了，我们俩这段时间在吵架。"

　　李霁昀听完大笑，好像猜透了什么，一边点头答应，一边感慨年轻真好。

　　一排香樟树后，罗勒拿着扫帚发现顾屿没跟上来，喊道："看什么呢，你怎么不走了？"

　　顾屿从走廊上收回视线，罗勒像只猴子一样蹿到他身旁，顺着他的视线张望："那不是米沉吗？"

　　顾屿一把捂住罗勒的嘴："走了。"

　　"唔……"罗勒喘不过气来，使劲挣扎。

　　见米沉走远，顾屿立即嫌弃地松开了手。

　　罗勒一脸无辜。

04.

米沉见完李霁昀后跑回宿舍打水洗澡，几个室友结伴去了澡堂，还剩下一个叫程桑桑的女孩儿在水槽前洗衣服，她和米沉不算太熟，只是相互打了招呼。

米沉澡洗到一半，程桑桑在外边拍门叫她："米沉，理科班的黎岸舟在女生宿舍楼下叫你的名字，你赶紧去看看吧，等下把生活老师招来就闹大了……"

米沉马虎地把身上的泡沫一冲，水都没来得及擦干，就直接套上衣服，穿着拖鞋飞快地从五楼跑下去。她脚下打滑，中途好几次差点儿从楼梯上摔下去。

她狼狈地冲到黎岸舟面前，滴着水的长发，一缕一缕地披在背后，校服裤子前后穿反了，好在裤管肥大空空荡荡，别人也看不出来。

黎岸舟沉着脸，拽住她就走，路过的不少同学都在朝他们张望。

"你去找李霁昀了？"一直走到宿舍楼旁边的林荫小道上，黎岸舟才停下来。

米沉真没想到老先生嘴巴不严，这么快就穿了帮，害她遭殃。她索性大大方方地承认下来："就是我找的，怎么样？"

"谁让你多管闲事了？"黎岸舟的唇抿成一条线，脸紧绷着。

"我闲得慌啊！"米沉要笑不笑，"你最近不是忙着谈恋爱吗？

哪有时间干正事？”

黎岸舟被她的笑容刺了一下，手握成拳头，青色的筋脉从手背一直蔓延到手臂，像叶片上清晰的脉络。

“李霁昀让我周末去找他，我回绝了。”他声音冷沉地说。

“黎岸舟！”米沉终于被他激怒，“你现在不是小孩子了，能不能别这么幼稚？就因为是我去找的李霁昀，送上门的机会你说不要就不要了？你是不是脑子坏掉了？做事能不能先考虑一下后果？那是你自己的前程！”

她吼完嗓子就哑了，气急败坏，踢了一脚路边的石子，反倒磕着光秃秃的脚指头，一阵钻心地疼。

她也不再看黎岸舟一眼，趿拉着拖鞋走了，头发已经把后背的衣服浸湿了。

宋稚子知道米沉和黎岸舟又吵架了，听到动静找过来，林荫小道上只剩下黎岸舟一个人。她担心地看了看他，终究还是没有说什么，又急着去找米沉。

米沉疯起来，谁也不知道会发生什么。宋稚子在天台上见过一次，再也不想看见第二次。

于人于己，杀伤力和破坏力都极大。

宋稚子找到米沉宿舍，程桑桑说米沉刚才出去了根本没回来过。宋稚子一听，心里更慌，连忙出去找人。她走到南边榕溪湖附近，听见有人兴致勃勃地在说米沉和阮千及的名字。

宋稚子一打听，才知道已经晚了。

米沉这天运气不好，先跟李霁昀说好要保密，转头就被黎岸舟发现了大闹一场。她想随便走走，想找个地方清静一下，跑去了位置偏僻的榕溪湖，结果却又遇上阮千及，真是天大的缘分。

她没想要挑事的，是阮千及和理科班的两个女生率先朝她走过来。

米沉脾气不好，这个时候，倘若谁也不说话，井水不犯河水，她也不会找人碴儿。但是阮千及没有放过这个机会，见米沉垂着眼睑，明显在哪里受了挫，特地来赶着往枪口上撞。

"听说你替岸舟去找李霁昀了？"

米沉坐在榕溪湖岸边的一个小木桩上，反问阮千及："你从哪里听说的？"

"当然是岸舟自己说的。"

米沉肤色白，面朝着阳光，侧脸的边缘给人一种近乎透明的错觉，仿佛她就要融化在光里。她不说话，整个人都闷闷不乐的，头发已经被从湖面上掠过来的风吹得半干，发丝拂到她的眼睛和秀挺的鼻梁上。

这样一看，远没有了往日里的威慑力。

阮千及劝她："米沉，岸舟的事你就别管了，他以后想不想学画画，要不要学画画，都是他自己的事……"

米沉听了觉得有点儿可笑，问她："你跟黎岸舟认识多久了？十年还是十一年？有我久吗？"

阮千及一噎，她和黎岸舟不过是高中同学，又听米沉问："你很了解他吗？你知道他的第一幅画画的是什么吗？你知道他在画室里最喜欢的座位是哪一个吗？你知道他的愿望是想成为一个什么样的人吗？"

阮千及被问得哑口无言。

米沉从裤袋里掏出一支樱花笔："这一支笔是他最喜欢的绘图工具，他爷爷送给他的生日礼物……"说着，她往湖中央一扔，溅起一串水花，涟漪散开，"阮千及，你不是也很在乎他吗？不如这样好了，谁找到这支笔，谁才有发言权，输了的人就闭嘴。"

榕溪湖是个观赏性的人工湖，水不算深。米沉也没管阮千及答不答应，已经一头扎进水里。

若放在平时，阮千及不会答应做这种事。但她今天想起黎岸舟，倔强不服输的性子上来，脱了鞋子，也紧跟着米沉跳了进去。

两人潜在水里找东西，岸上喧哗，看热闹的人越来越多。宋稚子赶过来时，时间已经过去快五分钟，米沉和阮千及同样一无所获。

宋稚子大叫："沉沉，你快上来，别发疯了！"

米沉置若罔闻，露出水面深吸一口气，又埋进水里。

阮千及先妥协，她在水里待了那么久，筋疲力尽，除了几尾金鱼，看到的都是漂浮的水藻。原本想着，就算找不到笔，也要泡在水里先等米沉认输，可没想到自己倒先撑不住了。

阮千及被两个同伴拉上岸时，米沉已经有一会儿没有冒头了。

宋稚子心急如焚，决定去把黎岸舟叫过来。

他总该还能管一管她。

"我找到了！"

湖面顷刻间如同被重击的明镜，水纹支离破碎，始作俑者高高地举起了手中的樱花笔宣告胜利。

阮千及裹着校服外套站在柳树下，嘴唇冻得有点儿发白，被同伴搀扶着走了。

米沉在背后叫住她："阮千及，我们之前打赌说好了的，你可别言而无信！"

手上一重，宋稚子拽住米沉，把她往草地上拖，嘴上教训道："你还敢跟人打赌？淹死你算了……"

宋稚子嘴硬，自己刚刚可差点儿被吓哭了。

　　她看着米沉攥在手心里的那支樱花笔，声音闷闷的，有点儿后怕："沉沉，如果今天你找不到笔，打算怎么办？你做事情太冲动了，都高中生了，还跟个小孩儿似的。"

　　米沉冲宋稚子狡黠一笑："找不到当然就算咯。"

　　她凑近宋稚子的耳朵，小声地说："其实是我骗阮千及的，这根本就不是黎爷爷送给黎岸舟的，没什么特殊意义，只是普普通通的一支笔，那些都是我乱编的……骗阮千及下水挺好玩的，她不经冻……以后，估计她也没脸在我面前说三道四了。我正好气闷，要消火，她自己撞上来这可怪不了我，我就当顺带喊她一起洗了个冷水澡，锻炼锻炼身体。"

　　宋稚子看她笑得像只狐狸，眼底都是光，无可奈何，故作老成地叹了一口气："你这个小疯子啊……"

　　果然疯起来，谁也拉不住。

05.

　　"你不回宿舍了？待会儿还有晚自习呢。"宋稚子见米沉似乎不打算往宿舍楼的方向走。

　　"稚子，你去罗勒那里帮我打一张请假条吧，请假理由……就说我身体不舒服，被家长接走了。"

"你不怕穿帮?"

"等穿帮了再说。"

"你要赶紧回家洗个澡，不然真的会着凉。"

"知道了，你这么操心，容易老的。"

米沉不是走读生，从学校正门出去不容易，多半会被门卫拦下来。她只能另辟蹊径，选择爬墙。

围墙外是一片绿油油的草地，里面种着各种应季的蔬菜，不远处是好几个鱼塘基地。

米沉算是惯犯，轻车熟路地翻过去，朝校外的公交车站走。

风一吹，浸湿的衣服贴在身上，终于感觉到冷。

先前她满口答应宋稚子说回家，其实她这副模样是回不了家的，要是让米原国和杜小清看见了，又得严刑拷问，免不了一番折腾。

她坐了一趟公交车，耳朵听到公交车报了一个熟悉的地名，随意就下了车，在大街漫无目的地走。

不知不觉中，她也不知道自己怎么就到了西池小街的入口。

顾屿拎着两袋子菜从对面拐角走过来，看见她有点儿惊讶地问："你怎么这副样子，掉水里了?"

米沉只是笑。

她想起之前带他去剪头发那次，他手里也是拎着菜。傍晚这个点，他似乎很喜欢去菜市场走两圈。

米沉没见过像顾屿这样的同龄人这么居家的。

顾屿把米沉领进门，她心里一阵庆幸，好歹，也算有了暂时落脚的地方。

院子和房屋不算大，但只有一个人生活的痕迹，就显得分外空荡。屋内装修过，简洁干净，黑白灰三色为主。屋里摆件很少，除了墙上一口静音的木质挂钟和窗台上的兰草，没有多余的点缀和装饰。

这里太冷清了，米沉在心里想。

书房的书桌上，唯一一个大物件是台电脑，没有牌子，光看上去就觉得配置很高。只是和旁边的老年机放在一起，有种违和感和反差萌。

"衣柜里有一套新的校服，放在第三层，你可以穿，现在赶紧去洗个澡。"顾屿叮嘱米沉，自己进了厨房，开始择菜做晚饭。

米沉去浴室洗澡，被温暖的热水一泡，身体慢慢回暖，身体里的那股寒意逐渐消散。

她擦着头发去厨房，问顾屿吹风机在哪儿，走到门口往里张望，只见他系着一条浅色的围裙，绕到身后打了一个活结，腰线流畅，颀长的背影在烟火味中越发温暖美好，影子被拖长在木质的地板上。

厨房是太具私人意味的领域。

顾屿把灶上的火关小，回过头问呆立在门口的米沉："怎么了？"

"噢……"米沉的反应有点儿慢，"我想问吹风机在哪儿。"

"洗漱台下面的第一个抽屉里。"

"哦，我知道了。"

顾屿叫住米沉："你有什么忌口的吗？"

米沉说："我不太爱吃蒜和姜。"

顾屿点了点头。

饭桌上摆放了两菜一汤，荤素搭配。对两个人来说分量刚刚好。

灯光是暖色调的，顾屿已经很久没有同人坐在一起吃过晚饭了，他先给米沉盛了一小碗鱼汤。棉格子衬衫，长袖挽起，骨节分明的手指握着白色的瓷勺，米沉有点儿出神，这个动作好像慢镜头回放，在她眼中被无限地拉长了。

米沉尝了一口浓白的汤汁，味蕾立即被征服："好吃！"

她对顾屿再次刮目相看。

"你比我妈的手艺还要好。"

空荡的胃慢慢被填满，之前的冰冷被驱散，让人感觉很舒服，之前的坏心情也终于一点点消散了。

"今晚还回学校吗？"顾屿问。

米沉夹了一筷子冬瓜片，说："不了，我已经让稚子帮我写好了请假条交给班主任。"

"那你回家？"

米沉停下筷子，拿纸巾擦了擦嘴，换上了颇具讨好意味的笑容："你……你这里……方便吗？能不能收留我一个晚上？"

顾屿说："你也看见了，这里房间多，但都是空的，床只有一张。"

"我可以睡沙发。"

"随便你。"

饭后米沉自觉去洗碗，顾屿也没跟她客气，抱着双臂倚在门框旁看她挤洗洁精，弄出了一大盆的泡沫，动作生疏，又手忙脚乱的，差点儿碰倒酱油瓶。

顾屿任由她胡来，只是问她："今天到底怎么了？全身湿透，还从学校偷溜出来，又不肯回家。"

"我跟人游泳比赛。"

"和阮千及？"

"靠，你怎么又知道？"米沉怒视。

顾屿皱了下眉，手指自然地伸过去弹了一下她的脑门儿，微微警告的口气："女孩子不要说脏话。"

"我今天跟罗勒去打扫卫生的半路上看到你了，在礼堂外的走廊上，你跟李霁昀说话的时候……"顾屿问米沉，"为什么要那样帮黎岸舟？"

这个问题对于她来说答案显而易见，她根本不需要任何思考："我和他从小就认识，当然要帮他了……"

米沉手上的动作停了下来，眼神清澈，又那样认真，她说："黎叔不在了，更加没人管他，我不能不管他。"

笃定的语气，没有一丝的犹豫。

米沉把最后一个盘子洗完擦干，收进碗柜里。

晚上睡觉，顾屿还是自觉地去客厅睡沙发，把卧室的床留给了米沉。

窗帘拉开，外面有微茫的月光，可以隐约看见院子里种的几株美人蕉。草地前不久才被清理过，刚种下一些低矮的幼苗，沿着围墙的墙根立着，像一排站哨的小兵。微凉的风送进来，还有几只萤火虫趴在窗户上，一闪一闪的。

米沉身上盖着薄薄的被子，翻个身，侧脸贴在枕头上，有阳光的味道。

顾屿应该白天才晒过被子和枕头。

她分明很累，却睡不着，顾屿敲门进来的时候，她还睁大了一双眼睛。他将温热的玻璃杯放在床头柜上："喝点儿牛奶，有助于睡眠。"

米沉双手端着杯子，仰头大口大口地喝下去，再乖觉地把杯子递还给顾屿，嘴巴里留下一股奶香味。

顾屿替她按下灯控开关，房间里又暗了下来。

"晚安，顾屿。"

突如其来的温情的感觉。

"晚安。"

顾屿坐在沙发上，雷打不动地抱着电脑敲了两个小时，躺下来休息时，却和米沉一样失眠了。他想起她在饭桌上理所当然地说起为什么要帮黎岸舟。

她说："我和他从小就认识，当然要帮他。"

"从小"是个有魔力的词，它代表着太多光阴承载的回忆，还有那些日积月累的感情，总是轻易地在一个人心底留下不可磨灭的痕迹。

她从小就认识黎岸舟，她的过去黎岸舟都曾参与。

"只是，我大概也是从小就认识你的，"顾屿想，卧室的门缝里透出微光，"但你早已经不记得了。"

顾屿小时候遇见米沉时，非常狼狈，是在常阳市的天桥上。那一年，他七岁。

当时他正流浪街头，跟着酆巷口的老瞎子一并在天桥上卖唱，赚的钱只够买两根麻花，泡在白开水里喝下去，只能饱腹。

那时候，纪临在娱乐圈沉沉浮浮，并不稳定，偶尔时来运转，接了高价片酬的电影，转眼又穷途末路，一日三餐吃不起饭。

顾屿一直被纪临寄养在各种各样的家庭里，居无定所。

纪临无限风光时，曾被英国的一个伯爵邀请前去游玩，那一段时间顾屿每天住在金碧辉煌的奢华宫殿里；纪临失意落寞时，每天忙着找经纪人、投资商和导演，在酒桌上度日，十天半个月不回来，就把顾屿送去某个朋友家，或者干脆把他扔回乡下老家。

尽管顾屿年纪还小，但涉世已深。他已经尝过法国最贵的鹅肝和红酒，也吃过餐桌上别人剩下的残羹冷炙；他曾住过最奢华的宫殿，也睡过破旧的茅草垫。

他到过天堂，也经历过地狱。

这是他所经历的几乎称得上畸形的生活。

旁人都说他性子古怪，心思复杂，独来独往，心里想什么难以猜透，倘若追本溯源，就会发现这其实不奇怪。毕竟，他就是在常人无法想象的环境中长大的孩子。

沦落到常阳市以卖唱为生那次，是因为纪临把他送去的那个朋友破产了。一大家子人忙着瓜分最后一点儿家产，之后出国的出国，搬家的搬家，没有人还有精力带上顾屿这个小拖油瓶。

最后人都走光了，屋子空了，被人收走，只剩下他一个小孩儿孤零零地站在门口的大树前。

他找不到纪临，打不通纪临的电话，又不能报警找警察，那样一来，他是纪临私生子的事情估计也会随之曝光。

他没有别的办法，只能等纪临某天突然想起他来，再回头找他。在此之前，他还得靠自己活下去。

那时候，他才七岁。

鄹巷口的老瞎子见顾屿半夜在垃圾桶里翻东西吃，用手电筒一照，只见一张脏兮兮的小脸，于是把手里的半碗馄饨给了他。老瞎子其实不瞎，他一辈子没讨到老婆，无儿无女，为了装可怜讨到更多的钱，常常白眼一翻，装个盲人。

顾屿那段时间便开始跟着老瞎子混，一老一小，带着把二胡去天桥。

冬天里的北风一吹，二胡的声音凄凉，老瞎子的破嗓子也凄凉，面前的破碗里渐渐会有一些硬币和零钱扔进来。

顾屿不会拉胡琴，也不唱歌，他穿的破破烂烂，但脸洗得干干净净。他的模样和纪临有几分相像，纪临最开始就是靠一副皮相上位，她当初能在美人如云的娱乐圈脱颖而出，可想而知外貌有多出众。

顾屿的眼睛尤其像纪临，眼尾略微狭长上挑，弧度很漂亮，眸中一汪墨色仿佛泛着水光。他佯装天真无邪地望着你，你就容易心软。

老瞎子让顾屿什么也不说，不开口乞讨，更显一分贵气，让人心生好感。他乖乖地搬着小板凳坐在一旁，那些母爱泛滥的大婶和小姑娘经过时都忍不住回头看他两眼。

那一次，蹲在顾屿面前看他的不是大婶和阿姨，而是个比他还要矮一点儿的孩子。短短的头发很细软，圆溜溜的大眼睛，睫毛像两把小扇子，头上还戴着一顶酷酷的黑色的毛线帽子。

身后的大人在催她，但她不肯走，原本离顾屿有些远，然后慢慢地、一点点地挪过来，就到了他跟前。

顾屿不明白，她究竟想要干什么，两个人大眼瞪小眼地互相望着。

老瞎子还在冷风中拉出悠长的调子，捏着嗓子唱："借问灵山多少路，有十万八千有余零。南无阿弥陀佛……"

小孩儿身后的家长在老瞎子面前的搪瓷缸子里扔下几块零钱，叫小孩儿："小沉，走了，天都快黑了。"

米沉扯了扯爸爸的裤脚，眼睛却还盯着顾屿，说："爸爸，你看他和舟舟好像哦……"

米原国打量了几眼顾屿，并没有发现眼前这个孩子跟黎家收养的娃长得相像，他不明白小孩子眼中的世界。

在米沉眼里，顾屿现在坐在板凳上迷茫的样子，和当初黎岸舟站在黎家门口那排篱笆前孤立无援的样子，简直一模一样。她年幼迷糊，那两人分明天差地别，只是，给她的感觉如此雷同。

"舟舟……是谁？"顾屿忽然问。他也被勾起了好奇心。

米沉腿有点儿麻了，说："舟舟是黎岸舟啊。"

"黎岸舟是谁？"

"是我朋友。"

"我哪里和他像了？"

"你跟舟舟……"米沉说不上来了，她把背上同样酷酷的黑色皮质小包取下来，拿出里面的饼干和牛奶，还有一些其他的小零食，全部给了顾屿。

她被米原国拉走时，还一直回头看他，一直回头，直到再也看不见。

顾屿没动，膝上一堆吃的。老瞎子的《思凡》也已经唱完了，尾音在风中颤了两下，几多婉转，他的视线扫过搪瓷缸里的钱，终于满意地收了声。

那天顾屿的晚饭很丰盛，老瞎子给他买了一只烤鸭，还有米沉给的一大捧零食当宵夜。只是很多拆了包装，他却没有吃，食物慢慢过了保质期，潮湿发霉，最后都被扔掉，如同她曾来过他的世界，脚印却最终被灰尘覆盖。

他那时候不知道米沉的名字，只是隐约记住了"舟舟"这个昵称和"黎岸舟"这个名字。几年以后，他转学来沥淮，在教室外面罚站，看见对面天台上火红的影子和迎风展开的两条告白的横幅，记忆忽然复苏。

原来，他也曾参与过她的生活，不过只是轻描淡写的一笔，不值一提。

而她却一点一滴也不记得了。

06.

第二天一大早，米沉被一阵闹铃声吵醒。

顾屿在敲卧室的房门："再不起就来不及了。"

米沉半梦半醒间听到顾屿的声音，还愣怔了好几秒，睡眼惺忪地打量着房里陌生的摆设，灰白的墙壁、灰白的床，慢慢才想起昨天自己霸占了顾屿的地盘。

空气里有大米香糯的味道，小火"咕噜咕噜"地煮着粥，顾屿穿着一身校服站在厨房里，背朝着她，往小锅里撒了一把翠绿翠绿的葱花。

米沉含着满口的泡沫在漱口，又火急火燎地洗了把脸，和顾屿一起把早餐端到桌上。

　　粥、油条、豆浆，都是比较传统的早点。

　　米沉之前在学校是属于吃东西囫囵吞枣，随便往嘴里塞的那种类型，往往瞌睡还没醒，早餐就已经咽下肚里去了。现在规规矩矩地坐在桌前，不紧不慢地吃，感觉也还不赖。

　　"这些都是你做的？"她边吃边问。

　　"粥自己熬，油条、豆浆是外面买的。"顾屿说。

　　"我发现你真的很会做饭……"

　　餐桌旁边的窗户打开，很舒服的晨风吹进来，米沉昨晚换下的湿衣服就晾在屋檐下的竹竿上，随风微摆，应该已经干了。时间还早，东边的太阳才从云层后面漏出一丝光芒，柔和地覆盖在院子里。

　　米沉喝了两口豆浆，抬眼看对面的顾屿，他吃东西慢条斯理，身上穿着再普通不过的校服，但有很好的气质，不是一朝一夕能养成的。

　　再想想他平日穿的洗得发白的地摊货，百来块钱一打的 T 恤衫，米沉越发觉得顾屿像是一个谜。

　　顾屿在米沉面前的原木桌面上敲了敲，提醒她继续吃早餐："你看什么？"

　　"看你啊。"米沉随口回答。

　　顾屿端起粥碗的动作一滞，面不改色地说："赶快吃完，路上再看。"

米沉被呛了一口豆浆："咳咳咳……咳……"

顾屿好心地把纸巾推到她面前，如同一个长辈谆谆教导："我让你吃快点儿，但你也用不着急成这样。"

他话少，在米沉这里已经说完了十天半个月的量。一开口，还真让人不容易招架。

米沉："……"

她憋红了一张脸，发现自己居然没有办法反驳，她总觉得顾屿毫无表情的脸上藏着揶揄的笑。

顾屿把时间掐得很准，两人吃完早餐骑自行车去学校刚刚好。自行车只有一辆，米沉抢了主动权，兴致勃勃地说："我来载你！"她抱拳，"我给你当车夫，就当是报答你昨晚的收留之恩。"

顾屿于是松了握在车龙头上的手，心安理得地坐到了后座上。

"你抓稳了哟，出——发——了——"

刚开始起步，米沉有点儿把控不住方向，自行车一度歪七扭八，差点儿骑进路边的沟渠里。骑了一段，她才慢慢找回重心，越来越稳，回头看了顾屿一眼，得意地说："怎么样，我的车技还不错吧？"

"看路。"顾屿提醒道。

自行车穿过西池小街的巷弄，穿过清晨的绿荫和雾霭，路过街角的花店，门口摆满了浅黄绿色的建兰和香榧树盆栽，不知哪家的窗口有歌声飘出来：

　　我坐在窗前望着窗外，回忆满天……生命是华丽错觉，时间是贼偷走一起……

　　米沉跟着哼唱起来：

　　　　七岁的那一年，

　　　　抓住那只蝉，

　　　　以为能抓住夏天。

　　　　十七岁的那年，

　　　　吻过她的脸，

　　　　就以为和她能永远。

　　　　有没有那么一种永远，

　　　　永远不改变，

　　　　拥抱过的美丽，

　　　　再也不破碎……

　　好几次她气息不稳，自行车又开始摇摇晃晃起来。她脸上神采飞扬，大声地问顾屿："喂，你喜欢五月天的歌吗？"

　　顾屿没有回应，只是望着面前她小小的背影。

　　歌声渐渐越来越远，再也听不见，西池小街被甩在了身后。

米沉一路踩到学校，费了很大力气，大早上就出了一身的汗。自行车在校门口停下来，她朝顾屿挥挥手："我先走了，还要回宿舍拿东西，待会儿班上见。"

这时已经有不少人在看他们。

正好是上学的点，卖早点的小摊贩扎堆在马路两边做生意，走读生们背着书包陆陆续续地进校门，人来人往，十分热闹。大家急匆匆赶时间，眼睛却不忘看热闹，也只能怪米沉和顾屿俩人太惹眼。

顾屿从米沉手里接过自行车，推着走，突然叫住她。

"怎么了？"米沉不明所以，以为自己还有什么东西忘了拿。

顾屿的神色再平淡不过，如同谈论天气，他说："如果以后你没有地方可以去，那就来找我。"

如果以后你像昨晚一样，不想待在学校，不能回家，没有地方可以去，那就来找我。

我可以收留你一个晚上、两个晚上、三个晚上……

很多个晚上。

第五章

似此星辰非昨夜

01.

昨天米沉和阮千及在榕溪湖闹出的动静，很快就传到了老师的耳朵里。米沉已经记不清这是班主任第几次找她去办公室谈话了。

"说吧，昨天你和理科班的阮千及到底是怎么回事？"班主任放下手里的教案，一边倒水喝，一边审问米沉。

米沉贴着墙壁站："我和她闹着玩呢。"

"闹着玩？"班主任声音放大了，"你们俩都跳湖了，还闹着玩？别跟我说是想去湖里面洗冷水澡！"

米沉摆出一副笑脸："老班你真聪明！"

"少给我耍贫嘴。"

"我保证，下次不会再犯了。"米沉举手投降，"绝对没有下次了！"

"你自己拿个本子记一记，你都向我保证过多少次了？哪一次是真的做到了？"班主任痛心疾首，"米沉，你让老师省省心，多活几年成不成？"

"您一定会长命百岁的。"米沉认错态度良好。

"你别糊弄我……"

"我哪敢呀……"

米沉正和班主任斗智斗勇，办公室的门被人象征性地敲了两下，随后就见黎岸舟抱着大堆的作业走进来。手上厚重的练习册垒得太高，一直到他的眉眼，大半张脸被遮住，秋阳照在他的头发和身上，笼着一层淡淡的光。

米沉和班主任打太极、表决心，余光里注视着这个影子，看他走近，又停下，把练习册码放在一张办公桌上。

黎岸舟也朝米沉看了一眼，平素对着外人张扬不羁的脸上挂满了冷漠，看米沉的眼神总仿佛带着刺。

脚步声又远了，办公室的门重新被关上。

而班主任也终于放米沉一马，每回都以"下次再犯事，我就打电话叫你家长过来"收尾。

"一定不会了，一定不会了……"米沉一路保证着出了门，走到走廊上长舒了一口气。

拐角处突然出现的人影吓了她一跳。

黎岸舟悄无声息地靠墙站着，显然刚才从办公室出来之后，他就一直在这里等她出来。

"阮千及住院了，你知道吗？"

米沉一愣。

"她昨晚在宿舍半夜发烧呕吐，被送去医院了。"黎岸舟压着声音说，"现在大家都在传她生病是因为你闹的，你们在榕溪湖的事，昨天有不少人看见了……"

米沉的眼睛眯了一下，风从窗口灌进来，穿过狭长的通道，把她的长发吹得乱糟糟的，不大的声音像纸片一样轻薄，又陡然锋利："有谁看见是我把她推下湖的吗？"她嘴角的那丁点儿弧度藏在飞扬的发丝下，透着讥诮，"她自愿跳下去的，我可没有逼她。"

"要不是你挑事，她会下水？"黎岸舟显然不信。

"你哪只眼睛看到是我在挑事了？"

"不是你还有谁？难道还有人敢主动来惹你？"

米沉心想，你不就是吗？她怒极反笑："所以你现在是替阮千及来找我麻烦的？怎么，想替绯闻女友讨回一个公道？"

没有外人在场，她不必再扮演苦苦追求他的角色，不必演戏，他们之间的关系薄削如刀刃，像毒液一样溅在皮肤上，带来真实的痛感。

"别忘了，你想要的东西还在我手里。"黎岸舟提醒，只是一秒钟，米沉就沦落到了输家的位置。米原国贪污的那段录音，她才拿回一半。

黎岸舟也知道这个招数有多烂，有多卑鄙且卑微，但是除此之外他别无他法，连他自己也不想承认，一直以来他就是靠着这点把柄牵制她。

多么可耻。

可他宁愿如此，却不想放下。

楼下的操场上有体育生在进行特训，他们背上驮着轮胎，在充斥塑胶味的跑道上步履沉重地奔跑着，但口号喊得依旧响亮："一二一，一二一……"汗水流过背脊，浸湿校服，朝气蓬勃的声音像是青春里专属的印记。

那声音不断地传来，四周却越发地安静。

良久，午休的时间快要过去，米沉才说："阮千及的事情我没什么好说的了，你要硬是觉得她住院跟我有关系，我是罪魁祸首，顶多把我也弄进医院得了。还有……李霁昀说要教你画画的事，你还是多考虑考虑，机会难得，别错过了……"

黎岸舟说："你这么操心我的事，是因为想急着拿回全部的录音？"

"你以为呢？"

刺耳的铃声按时响起，声浪在瞬间吞没米沉的声音。

等铃声停了，好像也没有什么要说的了，米沉往4班的教室走。

"你宿舍的同学说你昨天晚上没回宿舍，去哪里了？"黎岸舟突然在身后问。

米沉没回头："回家住了。"

操场上喊口号的声音、广播里的铃声、人群说话的喧哗声、洗手间里的水声、参差不齐的脚步声、粉笔在黑板上写字的声音，如同潮汐在沙滩上退去，黎岸舟一直凝望着她的背影，直到她在自己的瞳孔里缩成一个灰色的点。

太阳在地平线上的影子越拖越长，夏天已经过去多久了？

时间走得那样快。

学校两旁的小道上已经落满了香樟子，被少年们轻快的步伐踩碎，"咔嚓咔嚓"地响，就好像时光和青春溜走的声音。

再过不久，高二就要过去了吧？

还要等多久，才会迎来高三，传说中的黑色时期，那时候的他们会是什么样子，依旧像现在这样针锋相对吗？

米沉不知道的是，昨晚黎岸舟也翻墙出校门了。他听到米沉和阮千及在榕溪湖边闹出的事，赶过去时人早散了，他又跑去 5 班找宋稚子，宋稚子说米沉已经请假回家了。

他始终放心不下，逃了晚自习出去，跑到米家的小洋楼下等着，发现米沉房间的灯光始终未亮起。

米家冷冷清清，钟点工进去打扫了一圈卫生又出来，没有一个主人在家。

黎岸舟在外面找了米沉一夜。

第二天终于在学校看见她被老师叫进了办公室，他故意搬着练习册尾随进去，听她故作乖觉地和班主任拌嘴讨饶，那颗悬了一晚上的心终于安稳落地。

他在走廊上等她，没有光明正大的理由，只好搬出阮千及做借口，却又从第一句话吵到最后一句。

从什么时候起，互相伤害，成了他们之间的相处方式？

可还是想听见她的声音。

操场上喊口号的声音、广播里的铃声、人群说话的喧哗声、洗手间里的水声、参差不齐的脚步声、教鞭拍打黑板的声音、粉笔在黑板上写字的声音，如同潮汐在沙滩上退去。

最后，耳郭里只剩下她的声音。

02.

班上的学习互助小组成立以后，米沉和顾屿正式成为同桌。

米沉逐渐发现，顾屿的数学和英语确实厉害，让人望尘莫及。他被英语老师点名起来朗读课文，发音纯正标准、流畅自然，仿佛一个在国外生活过多年的人；而他在数学课上的解题思路常常有创新，和老师的方法不一样，但让她更容易接受和理解。

铅笔在草稿纸上留下一串字符和运算公式，少年稍显低沉的声音响起："你先把题目里的条件摆出来，已知椭圆的两个焦点和离心率，第一问求的是椭圆方程，套上公式就能够解出来……"

顾屿的字迹有些潦草，无论是文字还是数字，有的地方连成一笔，米沉得费力才能认清，这让她想起米原国开的那些药方。

草稿纸被推过来，顾屿让米沉自己运算，她算到一半，就卡壳。

然后由师父出马，一步一步检查，挑出错误，让米沉又从头开始。

她不想碰这些繁复的数字和公式，添加辅助线的时候更加排斥，昏昏沉沉地打起了瞌睡。顾屿拿笔不轻不重地敲她脑门儿，说："你能不能有点儿耐心？"

米沉抓了把头发，懊恼地重新拿起笔。

"我还没不耐烦，你倒先有脾气了。"

"哼……"

　　米沉拿橡皮在纸页上擦了又擦，起了毛边，不知不觉中蹭了一手的铅灰。

　　"是这样吗？"她侧过头问顾屿，脸庞迎上阳光，边缘的皮肤好像变得透明了。

　　顾屿一眼扫过答案，终于点头。米沉立即翘着嘴角笑起来，眼睛里映着破碎的日光，好像盛满了夏夜里的流萤。

　　"也不是很难嘛。"她挑眉，一脸得意扬扬。

　　顾屿无言。

　　这人太容易得寸进尺。

　　轮到米沉教顾屿写作文时，她想扳回一局，重新树立在新同桌面前的形象。她特地整理好了历届高考的"作文素材"和"满分作文"给他，同时还打印出了这些年来"感动中国十大人物"的颁奖词。

　　"这些颁奖词都是金句，写议论文的万能钥匙，随时都可以用上去，替你的作文加分。"

　　"举个例子来说，如果考试所出议论文的主题是'坚韧''坚持''情怀''信仰'之类的，"米沉用手在复印资料上指了指，"都可以用中国氢弹之父于敏的颁奖词——离乱中寻觅一张安静的书桌，未曾向洋已经砺就了锋锷。受命之日，寝不安席，当年吴钩，申城淬火，十月出塞，大器初成……你稍微改一改，就能扯上主题……"

顾屿看着米沉，米沉摸摸自己的脸，问："怎么了，我脸上有东西？"

厚厚的一沓作文素材散发着浓厚的油墨味，新鲜出炉，纸页还热乎乎的，上面印着密密麻麻的铅字，像是一盘端到面前的黑暗料理。

"你一脸嫌弃的表情是怎么回事？！"米沉摸了一下鼻子，"虽然看上去很像古代的八股文，但是真的很管用啊！老师看到你的作文里加了这些句子一定会多给分的，这是作文速成最快的方法了！"

顾屿说："你平常也背这些东西？"

米沉摇头："我不背。"

她底气很足，先前做数学题的阴霾一扫而光，得意地说："我平时积累得好，不用颁奖词也能得高分。"

"嗯，"顾屿把一本数学科目的《5 年高考 3 年模拟》推到她桌上，翻开一页，上面是满版的红叉和解题思路的批注，"希望你一如既往地自信下去。"

"……"米沉郁闷至极。

日子一天天过去，冬天来临时的那次月考，米沉的数学成绩迈进了九十分的及格线，顾屿的作文也被语文老师夸了好几次。

换上臃肿的冬季校服，每个人看上去都胖了一倍不止，厚实的内衬把他们包裹得好像一个个圆滚滚的球，仿佛随时会跟空气里的尘埃一样飘浮起来。

米沉盯着站在讲台上发言、笑得跟人贩子似的罗勒。

"元旦文艺晚会就快要到了，咱们班要表演什么节目，大家都来出出主意，这样的机会不多了，等咱们升了高三以后，就只有坐观众席的份儿了。大家都积极发言，积极参与啊！"

班长大人的脸圆润了一圈，红光满面，努力煽动台下的群众，他每次总能把班会搞得好像非法组织拉人入会一样。

"1班据说会排个大合唱，2班演小品，3班有好几个音乐特长生，估计不愁节目……还有，5班不知道会弄出什么幺蛾子。"罗勒把目光对准米沉，"哎，米沉，你跟宋稚子关系那么铁，快去深入敌军内部打听一下，知己知彼百战不殆……"

米沉朝他扔了块橡皮。

罗勒灵活地侧头一闪，躲过一劫。

一堂班会就在闹哄哄的声音里结束了，米沉翻着漫画，无聊地趴下来，旁边的顾屿已经睡了大半节课还没醒。

这人每天晚上是不是都去做贼了？米沉心想。

米沉认真仔细地瞧了他许久。少年的半张脸压在手臂上，睫毛末端的色泽在阳光里被稀释成琥珀黄。黑色的校服衣领，白净的颈脖，皮肤下淡青色的血管隐约可见。米沉发现，还真有人能把丑爆了的冬季校服穿出绝佳的视觉效果。

中午才进行过一次大扫除，四周还有挥之不去的消毒水气味，被抹布擦得锃亮的淡蓝色课桌上散乱着草稿纸和试卷，混在一起，有的右侧栏上写着米沉的名字，有的是顾屿一笔带过的字迹。

拼在一起的桌子之间早已没有了分界线。

顾屿忽然睁开眼睛，问："下课了？"

米沉撞上他的视线，好像偷看被逮了个正着，有些狼狈地撇过头："啊……刚刚打铃了……"

又过了几天，米沉从宋稚子那里听说了黎岸舟已经拜师，决定跟李霁昀学画的消息。据说阮千及也出院了，问题不大。那次以后，黎岸舟很长一段时间没有来找米沉，生活似乎恢复了平静。

升国旗和课间操时偶尔还有人提及，那个叫米沉的女生的奇葩事迹，听者一阵唏嘘，感叹米沉最后也没追到黎岸舟，爱情多艰难，道路阻且长。

一场大雨过后，校园里的马路总会被泛黄的落叶覆盖，带着潮湿的水迹，铺展一路。阳光变得稀薄起来，黑夜渐渐被拉长，白天的时间就像一块被挤压的海绵，变得越来越短。

CIQUGONGFUSHENG
123 /

日子离元旦越来越近，排练的节目也被提上日程，4 班还没有动静，罗勒一筹莫展，没有新的点子，一直缠着米沉："你给出出主意，你平常不是鬼点子最多吗？"

米沉不胜其烦。

被吵久了，米沉突然也开始上心，她在心里考虑了很多节目，在本子上一一列出来，又被一个个划掉。

周六在餐厅打工，傍晚她和顾屿两人出去倒垃圾。顾屿看到那些空的饮料瓶和塑料袋，突然说："环保时装秀，怎么样？"

"什么？"米沉没有反应过来。

"元旦文艺晚会上，环保时装秀。"

03.

环保时装秀的想法，在班会上全票通过。

后来大家都说，那段时间 4 班的人很疯狂，满校园地找垃圾、收集材料，连体育器材室的犄角旮旯都不放过。

旧报纸、塑料袋、一次性纸杯、损坏的 DVD 光盘……

这些东西一时间堆满了教室后面的空间，班主任也被感染，大手一挥，腾出自己的一间小休息室给他们当场地用，随他们折腾。全班同学齐心协力地完成一件事情，其实是一种非常棒的体验，大家的热情前所未有地高涨起来。

主要的设计师由米沉和顾屿担任。

顾屿不爱说话，但是想法很多，时不时让米沉打心底里惊叹。她不知道，他童年时代跟随纪临亲临现场看过无数场走秀，有心无心，多少会从中学到点儿东西。

他把当下的流行元素融合到那些简单的材质里，灵活运用。一连好几个中午，他和米沉窝在班主任的小房间里讨论各种细节和设计，修改了一遍又一遍。

顾屿发现米沉有一点儿绘画基础，问："你学过？"

米沉说："当时爱屋及乌。"

顾屿想起前段时间传得火热的关于黎岸舟跟李霁昀学画的消息，立刻明白过来，也就不再多问了。

米沉也好奇顾屿，面前素描纸上简单几笔勾勒出来的图案流畅而专业，她猜顾屿绝对不是门外汉。

"那你呢？你以前学过？"

顾屿模棱两可地点了点头。

"喂，你说我们这次能成功吗？"

米沉每次不确定的时候，画着画着，会忽然问出声来，抬起眼睛望着旁边的顾屿，等他一个回答。玻璃窗被斑驳的日光分割成许多块碎片，少年近在咫尺的脸庞，好像也会被融化掉。

"试试不就知道了。"他总是这样回她。

话里有一丝鼓励的意味。

长时间握着铅笔，手指头被冻得通红麻木，好像脱离了身体，感觉被千万只蚂蚁同时啃噬，米沉一动也不动，皱着眉忍过这一阵疼痛。

顾屿起身走出去，过了一会儿又推开门回来，端着一杯热水，放到米沉面前。

他试探着伸出双手，握住了米沉的手，放在自己掌心上，来回搓了搓，相互摩挲滋生出的暖意一路蔓延，好像把脸也烧得滚烫起来。

米沉脑袋宕机，一片空白，如同一夜鹅毛大雪覆盖的草地，指腹上的温度也开始渐渐回升。

顾屿问："你冬天是不是容易生冻疮？"

米沉呆愣，机械性地老实回答："只要稍微没注意，就会肿成一个馒头。"

"那从现在起就要戴手套了。"顾屿终于松开她的手，"以后你说想法，我来画图。"

元旦文艺会演那晚，4班的节目排在倒数第二个。担当模特的同学早早地化好了妆，换好了衣服。罗勒说我们班压轴，一定要惊艳全场。

而实际上，也确实达到了那种效果。

灯光和音乐响起，模特一个个走上台。他们身穿七彩纸花打造出的蓬蓬裙、牛奶盒和一次性水杯串联出的小礼服，手上拿着用废弃光盘镶嵌而成的挎包……

最夺人眼球的是一件中性的英伦复古风的小马甲，用外文版的黑白报纸和软纸板剪裁而成，领扣是顾屿用塑料瓶盖一颗颗磨出来的，每一处细节都十分精致，几乎让人挑不出毛病。模特一出场，就引来台下掌声雷动。

最后是设计者出场，米沉挽着顾屿的胳膊从幕后走出来，被模特们包围，站到了舞台的正中央，有人给他们送上鲜花。

头顶的灯光强烈到刺眼，像夏天里正午的太阳，米沉穿着一件单薄的白衬衫，后背微微有了汗意。

她满脑子想的是"我们成功了"，下意识地仰头去看身边的顾屿，后者正以微笑回望她。

这些天如同浸泡在水里沉浮，现在终于着陆，之前所有的努力都有了回报。

大概这就是青春。

04.

自从元旦文艺晚会上，带领班级取得一等奖之后，班上的同学看顾屿的眼神又有点儿不一样了。他以前与人疏远，浑身仿佛写满了"生人勿近"的字样，让人不敢接近，这次以后，他为班级出了一分力，在人眼中不再那么遥远。

这个插班生在转学过来的这个冬天，逐渐被所有人接纳。

只是他依旧话少，和米沉待在一起的时候说得多一点儿，大多数时间里都沉默寡言，趴在课桌上睡觉。

"喂，班主任在窗户外面……"

"值周老师从教室后门进来了……"

米沉也慢慢自觉地养成了帮他望风的习惯。他左边脸颊上压出一道红色的印子，有时刚睡醒，看她的眼神有点儿无辜。

这一年冬天的第一场雪，来得猝不及防，在天色昏暗的傍晚时分突然降临。

米沉刚洗完澡出来，和宋稚子一起站在公共水池前搓衣服，不知道谁在外面大喊了一声"下雪啦"，她们就迫不及待地去窗口看外面的景象，大片大片的雪花从黛青色的天幕上簌簌而下，纷纷扬扬地落下来。

米沉和宋稚子满手的泡沫还没有洗干净，相互蹭到了点儿到脸上，两人不约而同地看着对方，忽然弯腰大笑起来。

接近期末，为了保证考试的及格率和优秀率，走读生也被要求留下来在学校上晚自习，期间偶尔会有科任老师过来讲课。

米沉在宿舍里磨磨蹭蹭地收拾好，回到 4 班，发现这天顾屿果然还留在座位上，看样子他像是一直没有动。

米沉从口袋里小心地掏出一个雪球，手悄悄绕到顾屿身后，把那团莹白放进他的后衣领里。

顾屿被冻得一个哆嗦，瞌睡顿时全跑光了。

米沉在旁边笑得开心，不枉费她刚才在叶片上刮了好久的雪花，最后才捏成一个小小的团。

顾屿暂时没有反击。

第二天清早，米沉起床后发现，窗外已经变成了银白色的世界。下了第二节课，她被同学莫名其妙地拖到操场上，加入了打雪仗的队伍。米沉还没做准备，就遭到偷袭，一抬头，发现顾屿站在不远处。

加入的人很多，整体陷入混战模式。

顾屿却从一开始就目标清晰明确，专攻米沉后背，十分钟之内就把米沉打得落花流水。米沉在漫天飞雪中躲闪，一边逃跑一边还击，做着无用的抵抗。

最后孤注一掷，忽然掉转头朝顾屿扑过去。顾屿没想到她会来这一出，毫无防备地被一把推倒在了雪地上。

大雪纷纷扬扬还在下，晶莹的雪粒掉进他的眼睛里，带来冰凉酸涩的触感，耳边传来米沉愤愤不平的声音："怎么样？服不服输？"

她的双手压着他的肩膀，整个人的重心也抵在他身上。

顾屿一个翻身，两个人的位置就发生了逆转，压在底下的那个成了米沉。

"服不服？"顾屿问她。

米沉铆足了劲儿想站起来，却被压制得动弹不了。

他黑色的头发被覆盖了一层细绒似的鹅白，近在咫尺，眉目如画，像一幅水墨丹青。

周围的同学一个个闹得不可开交，兴奋和惨叫声不绝于耳，好像没有人注意到这边的小暧昧。

米沉与顾屿对视，两人忽然大笑起来。

玩得太过，米沉的手第二天就生出了冻疮，防不胜防。指骨和手背上的红色小块，摸上去硬邦邦的，指头看上去有些浮肿。

她在课间擦着药油，顾屿看见了，有些懊恼地喃喃："早知道就多让着你点儿了。"

那场雪声势浩大，一连几天都没有停。

气温骤降，越来越冷，马路上的行人一个个裹紧了衣服，凛冽的冬风像刀子一样刮在脸上，吹弯了两旁行道树的腰肢。

转眼到了周末，米沉想了想，还是不顾米原国和杜小清的阻止出了门，准时踩点上班。顾屿迟迟不见人影，米沉在餐厅门口等了他很久，他仍旧没有出现。

米沉觉得顾屿今天多半不会再来了。

她一个人百无聊赖地在餐厅里端盘子、洗盘子，感觉好像少了点儿什么。接近傍晚，她干脆和老板请假说家里有事，其实是想早点儿回去休息。这种鬼天气，最幸福的就是手捧热茶窝在暖气十足的房间里看电视或者睡觉。

顾屿不在，她居然会感觉到不习惯。

路过临街的 Blackish Dreen，这样恶劣的天气，门口的车辆依旧不少，打扮光鲜靓丽的男女推开两扇玻璃门走进去，一张张笑脸被风雪模糊了，看不真切，只有那些夸张的笑声和喧哗从对面恍惚飘过来。

米沉在外面等了会儿，没有看见黎岸舟的身影。

她举着长柄伞，站久了，伞面被雪压得下垂，有好几次险些被大风吹翻。最终她还是抵御不了寒冷，抱着侥幸心理走进酒吧，祈祷不要被黎岸舟撞见。

　　里面是暗色斑斓的光，调酒师在半圆形的吧台前炫技，舞池里人群拥挤，米沉穿过他们，找了个偏僻的角落坐下。

　　她以前在门外观望过无数次，却是头一次进来。想身临其境，亲自看一看黎岸舟打工的地方。

　　没过几分钟，米沉看见个熟人。

　　米沉只知道那个男人姓郭，大家叫他郭经理。她之前就是把钱交给郭经理，委托他每月结算工资时多给黎岸舟一些奖金，他自然也没少从中拿好处费。

　　郭经理看见米沉还挺诧异，以为这尊财神爷又是赶过来送钱的，特地走过来问："今天你怎么自己进来了？之前也没见你跟我打招呼说今天会过来啊……"

　　郭经理狐疑地看着米沉："难道是过来看小舟的？"

　　米沉模棱两可地点了点头，没说是也没说不是，眼睛不动声色地朝四周打量。

　　她还是个涉世未深的学生，穿着简单的深色外套和牛仔裤，素面朝天地坐在这里，周遭的香水和烟酒味浓重，她倒是丝毫也不怯场，手托着腮帮子，跷着二郎腿，像坐在自家客厅般自然。

　　郭经理看了多少有点儿惊讶，觉得这小姑娘有意思，多嘴提醒了两句，跟她聊起了黎岸舟："小舟最近惹上了一些社会上的人……"

米沉一听是黎岸舟的事，果然就上了心，问道："出什么事了？"

郭经理说："前几天他端盘子不知道被谁绊了一脚，盘子里的酒泼到了一个客人身上。那客人不是什么善茬儿，当场就劈头盖脸地给泼回去了，当时要不是旁边的人拦着，小舟就和对方打起来了……梁子就是这么结下的，小舟这几天都被人找麻烦，他心气儿高，不肯低头，再这样闹下去指不定会闹出什么大事来。你得劝一劝他，让他脾气别那么硬……"

米沉一言不发地听着，听到这里才短促地笑了笑："我哪能劝得住他，他要是肯听我的，我也没必要现在像个缩头乌龟一样躲躲藏藏了。"

郭经理抬腕看了一眼时间，打趣地说："今天这个点他已经下班了，你不用藏了。"

米沉终于放松下来，整个人软趴趴地靠在椅背上。彩灯照在她脸上，五彩斑斓，把所有情绪都隐去了。

郭经理聊起来一时收不住，止不住八卦道："老实讲，你跟小舟到底什么关系？在背后默默替他做这么多，又还要躲着他，你到底欠他什么了？难不成你是他前女友，之前你把他甩了？"

米沉不由得佩服这位郭经理的脑洞。

她又坐了会儿，想要打听打听跟黎岸舟起冲突的客人的身份，脑子里闪过乱七八糟的念头，想要找出个解决的办法来。头却越来越昏沉，估计这几天在宿舍睡觉的时候着凉了，有点儿感冒的前兆。

郭经理没能从米沉这里挖出猛料来，很快转移战场。

米沉见外面天色越来越暗，拿起手边的书包重新背到背上，打着雨伞出去。

05.

外面雪势丝毫不见减弱。

米沉裹紧围巾，藏起半张脸，身后 Blackish Dreen 的招牌在漫天银白中渐渐变得模糊。

从对面街的巷子口走过时，米沉的视线往里瞄了一眼，里面有几个人正在打架。具体看不太清，好像是多对一。她压低伞沿，假装什么也没看见，若无其事地走过。

走了十来步，她又倒退回来。

一个人势单力薄，她也不爱多管闲事，又不是活雷锋。但很快，在风雪声中，她听到棍子落在背脊上发出的沉重的声音，以及一声熟悉的闷哼。

如同条件反射一般，她此刻的本能反应就是往回跑，冲进巷子里。跑近了才发现，被四个年轻人围在中间的果然是黎岸舟。

他脸上挂了彩，额头的伤最明显，一股艳得刺眼的血像潺潺溪流一样顺着侧脸往下淌。

黎岸舟下手也重，他单枪匹马一个人，想要四肢健全地从这条巷子里走出去，就得对别人下狠手，往死里打。对方四个人，拼到现在只剩一个颈上刺青的男人还保有战斗力，其他三个扶着墙壁几乎快要趴下了。

他们打得正凶，没有人注意到后面的米沉是什么时候过来的。

米沉满眼只看见黎岸舟头上的血，大脑倏地不会转了。小道两边堆砌了不少砖块，是路两旁的人家建新房剩下来的，还没来得及搬走，米沉随手抄起其中一块大的，扔了雨伞往巷子里冲。

米沉的手扬起来，用了十成的力，往刺青男后脑勺儿上一拍。

刺青男浑身一震，不敢置信地回头看了米沉一眼，如回光返照般眼睛蓦然瞪大，握着铁棍的手如同痉挛般松开，然后直直地倒了下去。

同样惊讶的还有黎岸舟，他满脸血污，看着不知从哪个角落里突然蹦跶出来的米沉，怔怔的。

米沉拽住他拼命往前跑，吼道："这时候你发什么愣？！"

两人谁都不敢回头再看一眼巷子里的情况，只听见另外三个小跟班在哭号："老大怎么了？是不是断气了？"米沉心里越发慌张，她刚刚那一下没有轻重，只顾着下狠劲，忘了留余地。

　　拼命握在一起的手是冷的，像两块没有温度的冰。米沉生了冻疮的指头死死扣住黎岸舟的手，因为用了太大的力气，又痒又痛。

　　可是她不肯放松一点点，生怕身后的人追上来，像越狱一样。

　　她心里想的是，无论如何她都要护住黎岸舟，这个陪她一起长大的男孩儿，她不能不管他。一切都是本能反应，她来不及去思考怕与不怕。

　　才跑出巷子口一段路，对面的街道上突然驶来一辆车，一个急刹停在他们面前挡住去路，轮胎在雪地上摩擦发出尖锐的声音。

　　车灯一照，雪花纷扬，大雪中的米沉和黎岸舟无处遁形。

　　司机把车门打开，米原国从车里下来，米沉的脑袋立即宕机了，结结巴巴地喊："爸……你……怎么来了？"

　　黎岸舟面色煞白地看着米原国，太过压抑的情绪让他眼眶发热，火辣辣的疼。

　　"老陈，"米原国叫司机，眼睛望向那条巷子，"你先把米沉和岸舟两个孩子送回去，这里的事我来解决。"

　　黎岸舟讽刺地出口顶撞他："用什么解决，钱还是权？"

　　米原国诧异于黎岸舟此刻的叛逆，但也没有放在心上，只是催促司机老陈快点儿把他们带走。

　　"爸……"米沉出声，还想要说什么，被米原国严肃的语气给堵住了："你现在立刻上车回去。"

那是一个父亲不容侵犯和质疑的威严。

无论平日米沉和他如何胡闹，没大没小地开玩笑，但此刻米沉确实被吓住了。她赶忙推搡着黎岸舟，把他拉上了车。

车子疾驰而去，米沉扭头趴在窗户上往后看，米原国掏出手机在打电话。司机老陈安慰米沉："别担心，你爸爸有办法，出不了什么大事……"

黎岸舟只觉得这话讽刺，在车里一刻也待不下去，冷漠地开口："停车。"

米沉一怔。

老陈也没弄明白这是什么状况，黎岸舟一拍座椅，扯开嗓子愤怒地大喊一声"停车"，吓得老陈立即一脚踩下刹车。

车外面是浓稠的夜色，还有仿佛永远都不会停的大雪。

黎岸舟几乎是跟跄着冲下了车，米沉晚了一秒，没能拉住他。

"黎岸舟，你站住！"她跟在他身后，声音终于哽咽，一脚深一脚浅地踩在雪地里，怎么也追不上黎岸舟。

明明只隔着一段距离，可她这样努力，就是追不上。

真像梦里的场景。

"你自己回去吧！"隔着苍茫的夜色，黎岸舟冷静又克制地说，

"你刚刚也看到了，你爸爸就是这样只手遮天的大人物，就算你拿砖头把别人砸成那样，他也有办法轻轻松松解决问题。就算他把黎家搞垮了，贪了那么多钱，他仍旧能心安理得地活着……"

他剧烈地喘息着，仿佛胸膛被冬夜的寒风撕裂。

"我有时候忍不住想，直接拿着录音冲进警察局或者干脆放到网络上公之于众，这样他就能得到应有的惩罚，可是……"

可是，小沉，你怎么办呢？

你是被人护着长大的，无忧无虑，嚣张又天真。真要到了那一天，你最爱的爸爸被带走关押，失去温暖的家庭和身份，你没吃过苦，没切身体会过世事险恶，没被人戳过脊梁骨，到时候，你如何面对一切？

你要怎么办呢？

看着米沉一边哭一边朝自己走过来，低低的啜泣声传到耳朵里，酸涩的感觉从胸膛逐渐扩散，黎岸舟费了很大的力气才忍住没有冲过去。

多想给她一腔孤勇的拥抱，哪怕并不温暖。

就像小时候他们一起溜去电影院看恐怖片，她被鬼故事吓住了，还佯装无畏，走夜路回家被脚下的石子绊住了，跌跌撞撞地扑进他怀里。

他会努力接住她。

哪怕自己也会摔倒，他也会努力抱稳她。

为什么现在，他们长大了，拥抱反而变得这么艰难？

黎岸舟黑色的背影，渐渐消失在茫茫大雪中。

他始终没有回头。

米沉不肯放弃，朝着那个方向，机械性地迈开腿往前走，把一条长长的街走到尽头。她累到了极点，瘫坐在街边种了雪松的花坛上。

大口呼出的气息，好像都变成了一团团白雾。

围巾上落满了雪粒，被浸透了，潮湿地围在脖子上，已经无法御寒。连胸膛都是冷的，仿佛大风从鼻子和口腔里灌进来一路到了五脏六腑，四肢百骸。

可她偏偏困得很。

她仰着脑袋靠在雪松上，眼皮打架。一直往下淌，好像怎么也流不完的眼泪，终于慢慢止住了。

就这样吧。

不想再动了，不想再回去了。

也不想再面对黎岸舟和爸爸，不想再背负那些愧疚的、煎熬的、快要把人逼疯的情绪。她闭上眼睛的时候，有些幼稚地幻想，雪这样不停歇地落一夜，明天早上环卫工人过来扫雪，会不会发现一具冻僵的尸体。

她或许会登上《沥淮早报》的头版头条。

06.

车内的暖气十足，纪临一边单手开车，一边脱了自己身上的皮草小披肩。顾屿坐在副驾驶座上，无聊地偏头看着窗外，路边有个人影从他的眼睛里一闪而过。

"等等，"他突然说，"我要下车。"

纪临不明白这是怎么了，不解地问："不是说好了一起去吃饭吗？妈妈好不容易抽空来陪陪你，明天还要赶飞机去参加一个颁奖典礼……"

"不用了。"顾屿打开车门，外面凛冽的冷风迎面刮来，连瞌睡都被吹醒了，"你今晚就走吧。"

"顾屿你这是什么态度？怎么跟妈妈说话呢？！"

"吃不吃那一顿饭都无所谓，你不如赶紧回酒店，免得冻着。"

纪临从他的话里听出了那么一丁点儿的关切，心情顿时又好了，乌云转晴天，嘱咐了两句，让他一个人在沥淮这边也要好好吃饭、认真学习之类的。

顾屿敷衍着点头答应，如同完成任务。

　　纪临很快开车离开。

　　她沉浸于短暂的母子团聚的温情中，却没有想过多问一句他为什么要突然下车？也没有考虑过这么冷这么黑的夜晚他要怎么回家，会不会不安全？

　　她的粗心大意与忽略，顾屿却已经习以为常。

　　往回走一段路，比顾屿想象中的还要远。好不容易才走到花坛前，发现面前冻得像尊冰雕的人果然是米沉。

　　也只有她让他这么不省心。

　　"睡着了？"

　　"怎么每次都能遇见你呢？"顾屿弯下腰，摸了摸她冰冷的脸颊，呢喃道，"你说，你是不是故意的？"

　　米沉一睁开眼睛，那只手便悄然地收回来。

　　"你怎么会在这儿？"她嗓子沙哑。

　　"这个问题该我问你，你怎么在这儿？"顾屿在她旁边坐下来，"坐在花坛上睡觉很舒服？"

　　米沉听出他话里的调侃，却没有力气笑，笑声都夭折在喉咙里，她疲惫地闭了闭眼。

　　"怎么了？"

　　米沉摇摇头，不说想话，手上脏兮兮的，是之前拿砖头时留下来的乌黑印子。她抓起一把雪，用力擦，想要把那些痕迹都擦干净，掌心顿时被蹂躏得通红。

顾屿看不下去了，及时制止她，这才发现她浑身都在发抖。

"到底怎么了？"

"顾屿……"她捂着酸涩的眼睛，"我好像杀人了，可能要坐牢了……"像突然找到一个宣泄口，情绪再也不受控制，她把话说得颠三倒四，"那个人可能死了，我……杀的……"

"不会的。"顾屿不明白发生了什么，却笃定地安慰她。

"是我……拿砖头砸了他的头……"

"那不代表一定出人命了。"

"可是我看见他倒下去了……可能……"

"他只是晕过去了。"

顾屿打断她近乎神经质的猜测，伸手抱住她，轻轻地拍她的发顶，放低的声音温和得不可思议："相信我，不会出事的，你没有杀人。"

米沉的双手死死攥住他的外套，脸埋进他的衣服里，再次崩溃大哭："我不知道该怎么办，该去哪里……"

她不知道该如何面对米原国和自己温馨的家，只要一想到黎家支离破碎，黎岸舟什么也没有了，她就感觉到罪恶，无法说出口的歉疚如同积雪覆盖在心上。

今晚流过的眼泪比以往十几年加起来还要多。

仿佛世界末日要到了，连呼吸都是沉重悲伤的。她想，要是真的葬在这场大雪里，那就好了。

无边无际的寒冷中，有一只手一路从头顶抚过她的背脊，带着轻缓和安抚的力道："我们不是说好了吗？如果你没有地方可以去，那就来找我。"

07.

"能站起来吗？"顾屿问。

米沉终于冷静下来，被他搀扶着，脚下试图用力，却直接往下一跪，两条腿好像不是自己的了。

顾屿叹了口气，在她面前蹲下，说："慢一点儿，趴到我背上来。"

米沉俯下身，双手圈住他的脖子，把重量都转移到他背上。刚哭过的声音闷闷的，低哑沉闷："我会不会太重了？"似乎普天之下的女孩儿都会担心这个问题，特立独行如米沉也不例外。

顾屿"嗯"了一声，又说："还可以再重点儿。"

他背着她往西池小街的方向走，大雪封路，他们拦不到车。好在路程也不算太远，走过去大约半个小时。

顾屿一边走一边回过头看米沉，眉头不自觉地皱了起来："把帽子戴上。"米沉如同完成指令，听话地扯起外套的帽子，严严实实地盖住了自己的脑袋。

　　她的头枕在他的肩上，还是很冷，却有踏实的安全感。隔着帽子边沿的一圈绒毛，她贴近了他的脸，少年深邃的轮廓在雪夜里显得温暖而无害。明明看上去像是不容易接近的人，内心却无比柔软。

　　他们的呼吸很近，好像要融合在一起。

　　"我好困……"
　　"先别睡，你这样会感冒。"
　　"可是我真的好困……"
　　"别睡。"
　　"我眼睛都睁不开了，本来我坐在花坛上就要睡着了的，是你过来把我吵醒了……"
　　"不准睡。"

　　这样无意义的话题，两人也能斗嘴一样翻来覆去，一问一答地说好几遍。顾屿找了几个话题，跟米沉聊起来，总之要让她开口说话，赶跑她的瞌睡。如果让她就这样一身湿嗒嗒地睡着了，明天起来多半会感冒。

　　走回西池小街的时候，米沉反而清醒了一些，她把手伸进顾屿的衣服口袋里，去掏钥匙开门。

院子里漆黑又安静，能听见大雪落下的声音。

客厅的灯被打开，顾屿把米沉放在沙发上，取下她脖子上的围巾，抖落上面的雪。米沉仰头看着灯光下的他，同样一身银白，好像白了头。

空调打开了，可一时还暖不起来。

"冷不冷？"顾屿问。

他记得她说过，她冬天的时候容易生冻疮。他扯过她的手腕一看，有的手指头已经微微红肿起来。

米沉用力缩回去："你别看，这样的手很丑！"

顾屿没管她，哈了口热气，像上次一样帮她摩擦取暖，试图让她的双手迅速暖和起来，有些迟疑又担心地问："脸会不会生冻疮？也会肿起来吗？"

他之前探过她脸颊的温度，两边都被冻得红通通的。这会儿开始担心起来，他认真地问米沉："可以涂药吗？我去药店给你买。"他皱着眉坦白地向她承认，"我不太懂这些。"

米沉蓦然觉得，他这个样子傻乎乎的，有点儿可爱。

她见惯了顾屿沉默着一言不发的样子、冷淡地拒绝别人的样子、埋头写数学试卷时从容不迫的样子、被点名起来朗诵英语课文时胸有成竹又漫不经心的样子……却从没有看见过，他现在这样，一副被难题难住的样子。

因为关心她，他向她坦言：我不太懂这些，你只要告诉我该怎么做，我就去替你做到。你需要药，我就去给你买，不管外面有多大的风雪。

这样微不足道的小事，却让人眼眶发热，大概是夜晚太容易让情绪发酵成眼泪。

米沉努力笑着："我脸皮厚，脸上不生冻疮，去泡个热水澡暖和起来，等下脸就不会这么红了。"

"那你赶紧去洗澡。"顾屿补充道，"记得把头发吹干。"

一个人住和两个人住，最大的区别是说话的时候，回荡在房间里的不再是一个人的回音。

顾屿之前有一次接到纪临的电话，说着说着，突然听见空荡的房间里万籁俱寂，只剩下自己的声音，飘荡在半空，好像经久不散。那一瞬间突然袭来的孤寂感，像泛滥的洪水般包围住了他。

不知怎的，他越来越不喜欢开口说话。

刚开始转学过来，总是被老师逮住站在走廊上训话，无论对方气急败坏地说什么，他也不想发出声音回应。

宁愿自己一个人干站着。

后来这个习惯渐渐变成受人诟病的存在。可即便这样，他还是不愿意解释。米沉是什么时候从他身边冒出来的呢？

最开始，两个人产生交集，好像是在路上偶遇的那次，她莫名其妙地拽着他去理发店，替他剪头发。后来，跑接力赛时她代替他报名参加，替他解围，送他去医务室……两人渐渐变得熟悉起来，成了同桌，成了可以相互调侃和说心事的人。

到现在，她睡在他卧室的床上，两个人隔着一扇门聊天。

他听到空旷的房间里，不再是一个人的回音。

外面的雪不知何时会停，呼啸的风刮过屋顶的瓦砾和院里的树，他忽然觉得，这个冬天也不算太难挨。

08.

第二天是周一，米沉和顾屿直接去学校上课。

米沉心里一直惶惶不安，竟在校门口远远看见了杜小清。杜小清这阵子出差，这个时间点本不会出现在这里。

米沉跟顾屿说了一声，从他的自行车上跳下来，跑过马路，蹿到杜小清面前："妈……"

杜小清看见米沉，这才松了一口气，上上下下一番打量过后，确定她没有事才放下心来："你爸爸昨天一晚上没有回家，说是要处理一件什么事，让我回家看看你。我清早才赶回家，结果发现你没在自己房间睡，把我吓了一跳，马上赶来学校这边堵人……"

米沉猜，昨晚自己跟黎岸舟跑没了影，陈司机估计找了她很久，但那种特殊时刻，又没敢告诉米原国，索性就瞒着没说，家里人都不知道她昨天失踪了一晚上。

杜小清问："到底出什么事了？你爸爸神秘兮兮的，又不肯说清楚。"

米沉安慰她："什么事也没有，你放心吧，你出差回来也累了，赶紧回家补觉吧，我要去教室上课了。"

把杜小清打发走，米沉这才提心吊胆地偷偷打电话给米原国。

"爸，昨天……"

"人没事，只是当场昏过去了。沉沉啊，这件事情就算是了结了，你也别总挂在心上，好好在学校念书知道吗？天塌下来，还有爸爸给你顶着。"米原国似乎很忙，那头有人在催他，他急急地嘱咐米沉，"还有，你跟岸舟……你们都长大了，不是小孩子了，不必要再像小时候走那么近。"

米沉不知道这通电话是如何结束的，心里五味杂陈。

回到教室，铃声正好响起，数学老师夹着三角板走进来。

顾屿用眼神无声地询问，米沉给了他一个尽量轻松的笑容："没事了。"

没事了，都过去了。

如同窗外寒风过境，席卷而来，又呼啸着离开，最终归于平静。

如同窗外偷偷溜走的时间，过得这样快。他们会迎来新的一年，冬天即将过去，来年早春的梅花会开满护城河畔。

后来米沉才听说，自从那天以后，黎岸舟辞去了在 Blackish Dreen 的兼职，换了一处地方打临时工。他的养母周式微病情加重，不得不重新住院，而他也不得不同时打多份工。这个破败的家庭如同悬挂在峭壁上，摇摇欲坠。

第六章

最亲爱的女孩儿

01.

医院的除夕夜冷清而孤寂，四处空荡荡的，充满着消毒水气味的走廊又深又长。黎岸舟拎着两壶开水走过，一路上只看见两个护士倚在台前打盹儿。

303 那间病房里，也只住了周式微一个人。她刚刚熬过一阵痛，全身大汗淋漓，头发都被浸湿了。

对面墙壁上的电视机正在播放《春节联欢晚会》，窗户外面的夜空不断有烟花升起、炸开，五彩斑斓地映在玻璃上。

"妈……"

　　黎岸舟打了声招呼，推门进去。

　　他把热水壶里的水倒在脸盆里，动作熟练地拧好毛巾，递给周式微："您刚刚出了汗，擦一擦。"

　　十五六岁的少年，外表坚硬而冷酷不羁，其实内心是柔软的。他能体贴地顾及周式微爱干净，但现在已经没有力气起来去洗澡了。

　　周式微动作缓慢地擦拭完自己身前，背后够不到，黎岸舟帮她，小心地把她的病号服卷起来。

　　瘦骨嶙峋的雪白背脊刺痛他的眼睛，单薄得只剩下一层皮包裹着骨头，那是生命活力褪去的迹象。

　　周式微现在连一个行将就木的老人都不如，这让黎岸舟想哭。

　　"待在医院闷不闷？"她突然问，"大过年的，也没给你好好做顿饭……"说着她伸手去枕头底下摸索，慢慢摸出一个红包给黎岸舟，苍白的脸上露出一丝笑来，"小舟，新年快乐，新的一年要好好度过。"

　　黎岸舟忽而强烈地意识到，或许今后的漫长岁月里，不会再有人像现在这样不放心地叮嘱他，说以后你要好好过了。

　　他只剩下周式微这一个亲人了。

　　人都是贪恋温情的。他大着胆子，抱住周式微，像个还没长大的孩子，说："新年快乐，妈妈。"

　　周式微吃了一次药，药里有安眠的成分，闭着眼睛不知道睡着了没有。黎岸舟一直守在旁边，手机陆陆续续收到一些同学和玩伴的祝福，其中夹杂着几条女生大胆的告白短信。

　　置顶信息是属于米沉的，只有简简单单四个字——新年快乐。

　　她似乎也没有多余的话要对他说了，他们之间，说多了都是徒劳无功，都是错。

　　这晚，黎岸舟又梦见了米沉小时候的样子。

　　她小时候浑，又聪明，没少欺负他。

　　她背《三字经》的时候，能噘着嘴把九九乘法表和二十六个英文字母歌串起来，一通乱炖，气得杜小清要拿鸡毛掸子打她。米家小楼前，经常鸡飞狗跳，十分热闹。

　　米沉这边水深火热，黎家那边岁月静好。

　　周式微种花喝茶，不太爱管黎岸舟，偶尔问及作业，顶多嘱咐一两句，就算完事了。所以大多数时候，黎岸舟处于一种放养状态，学不学习，全靠他自觉。

　　米沉简直羡慕死了黎岸舟。

　　她指着练习册问杜小清："为什么隔壁家的黎岸舟可以不用做这些？"

　　杜小清唬她："你个傻孩子，小舟喜欢躲在家里偷偷用功，你又看不见。你要是不努力，成绩会被他超过，到时候人家都会笑话你！"

米沉不信，亲自跑去黎家查探敌情。黎岸舟的书房就在一楼，窗户朝外开着，他果然坐在书桌前，还真被杜小清说中了。

"黎岸舟，赶紧出来玩噢！"

米沉咧着嘴巴露出两颗小虎牙，脸上是大大的笑容。她居心不良，想要把好学生带坏，大家一起当差生，这样杜小清就该没话训她了。

黎岸舟看了她一眼，不想理会这个小疯子。

米沉继续威胁道："你出不出来？"

"不。"

"做作业有什么趣，咱们一起去荷花池挖藕，中午还能拿回来做菜吃，你妈肯定会夸你能干！"米沉循循善诱，谆谆教诲，"作业都是做不完的，你做完了，老师还会布置，那样多累啊……"

她说得口干舌燥，黎岸舟还是没给半点儿反应。

米沉终于怒了："我再给你一次机会，你给我出来！"

"滚开！"

黎岸舟的声音也突然放大了。米沉冷不丁被他凶巴巴的样子吓了一跳，要是寻常小姑娘，这时候估计都得被吓哭了。

可她是混世小魔王，从来都只有她吓唬别人的份。

她只是摸着鼻子讪讪走开，突然，几步之后一回头，弯着嘴角笑，黎岸舟瘆得后背一凉。

这事可没完。

五分钟后。

外头传来声势浩大的脚步声，就像是鬼子进村，米沉就是那个鬼子头头，后面领着附近邻居家的一帮"螺螺兵"。在槐树下整整齐齐站成一排，拿着弹弓跟黄豆，对准了黎岸舟书房的窗户。

黎岸舟"砰"地把窗户关上。

米沉一声令下："发射！"

黄豆一颗颗弹出去，有的力道不够，有的偏了方向，能准确砸到窗户上的并不多，杀伤力也确实不够。

米沉倒是笑得夸张。

黎岸舟烦不胜烦，耳朵里全是她魔性的笑声，最后不得不往耳朵里塞棉花。

后来暑假结束，开学上交作业，黎岸舟正如米沉所愿。全班只有两个人的《快乐暑假》空了大半，一个米沉，一个黎岸舟，双双被赶出教室罚站。

只是那时候的米沉不知道，这其中，有他多少纵容。

刻意空出来的练习册，和只写了几页的作文本，都只是为了那样一个契机——肩并肩，靠很近，站在她身边。

醒来以后，黎岸舟看了看时间，凌晨四点，新的一年已经开始了。

梦里的笑声仿佛还回响在耳边，他受到回忆的蛊惑，一时陷进去，出不来。手指触摸到冰冷的手机屏幕，那条四个字的短信反反复复看了无数遍。

小沉，你也新年快乐。

祝你称心如意，幸福安康。想把所有的吉祥话，都对你说一遍。

02.

冗长得好像永远也不会结束的少年时代，被书本堆砌填满，像一道不可翻越的围墙。围墙里的少年们总是想着，快点儿走出去，快点儿长大。

宋稚子最近总在米沉耳边念叨着，试卷好像怎么也做不完，要是明天能毕业就好了，进入大学，应该会轻松不少吧。

对于未来的各种各样的猜测，偶尔会从脑袋里冒出来。

米沉把这些说给顾屿听，后者还是一副没睡醒的样子。脸枕到刚发下来的试卷上，油墨印到脸上，有些滑稽，米沉指着他哈哈大笑起来，结果吸了满嘴的粉笔灰，罗勒正站在讲台上擦黑板。

米沉恼怒，拔了水性笔盖砸向罗勒的后脑勺儿。班长大人无辜中招，转过头来张望一眼，却没找到罪魁祸首。

教室里各种声音又闹起来。

时间飞驰而过，窗外渐渐响起蝉鸣，夏天再次来临的时候，他们便开始进入高三，传说中让人望而生畏的黑暗时期。

高三年级有一栋独立的教学楼，四周被老树环绕，环境清幽，跟另外两个年级彻底隔开了，外面的声音一般传不过来。

常有人开玩笑说，沥淮一中的高三教学楼是建在深山老林里。

组织了一次"高三年级动员大会"之后，胖胖的年级主任在升旗台下点燃了两盘红火的鞭炮，震天动地，随后便是整个年级的大迁徙。高一高二的好多孩子站在走廊上看他们搬家。

就好像一年一度的某种盛大仪式。

有一天，他们也会从旁观者变成身体力行的当事人。

除了课桌椅，每个人的东西全得自己移过去，各种资料书和教材堆积如山，还有许多小物件，坐垫、水杯、书立、午睡用的小毯子……码着五颜六色小纸条的盒子和装满了零食的袋子。

米沉和顾屿两个，座位上的东西都不多，除了统一发下来的复习资料，他们基本没有去书店买过额外的习题和试卷，一个书包一个袋子，把东西一股脑儿地塞进去，就能轻轻松松搞定。

相比于忙得满头大汗的其他人，他们俩实在太过惬意。

"我们还坐同桌吗？"顾屿拿过米沉的书包，忽然问。

"怎么，是不是舍不得我？"她嬉皮笑脸地凑过来，又没了正经的样子，咬着绿豆味的冰棍，上下嘴唇被冻得格外红。

"放心啦，上次期末考试我的数学进步了好几十分，你的语文也有进步，老班一定不会忍心拆散咱们的……"后面几个字，她故意咬得特别重，一脸调笑。

顾屿加快步伐，把她甩在后面。

米沉拎着袋子追上来："喂，你走这么快做什么，不会是害羞了吧？"

"你闭嘴。"

过道上全是装满书的塑料箱子在地上拖拉时，摩擦发出的声音。楼梯间也异常拥挤，上上下下都是人。

米沉和顾屿穿过人群，率先到了高三年级的新教室，里面宽敞整洁，推开窗就是玉兰树的枝丫，阳光从天际洒下来，一地的碎影。除了他们俩，其他同学还没来得及搬过来，此刻显得分外安静，米沉说话时都还能听得见回音。

"你接下来还有事吗？"米沉问。

　　顾屿疑惑地看着她。

　　米沉说："你要是没什么事的话，跟我一起去帮宋稚子啊！她老人家是学霸，书恐怕要用麻袋装，她那细胳膊细腿的，一个人肯定搬不动。"

　　顾屿喝了一口水："走吧。"

　　两人才走到半路，就在林荫道上碰见了叉着腰站在路边喘粗气的宋稚子，她脚边还真有一个麻袋，左右胳膊上各挎着一个鼓鼓囊囊的小行李袋。米沉看见立即笑了起来："稚子同学，你这是准备去哪里打工啊？北上广吗？"

　　宋稚子白了她一眼，累得说不出话来。

　　之前答应帮她拎东西的男生半路撂挑子，跑去帮理科班的班花了，把她一个人晾在这里。

　　米沉朝她张开双手："来，抱一抱，不哭了，不是还有我嘛。"

　　宋稚子躲开，说："我刚才出了一身汗，臭死了。"

　　米沉说："没关系，为娘不在意这些，母不嫌子臭。"

　　宋稚子笑骂："滚！"

　　顾屿一言不发地提起宋稚子的麻袋，只觉太重了，最后索性扛到肩膀上。米沉帮宋稚子拿其他东西，最后反倒变成宋稚子两手空空地跟在他们后面。

　　小树林里的夏蝉叫个不停，旁边的音乐楼里传来肖邦的钢琴曲，风从对面灌进来，额前细碎的头发差点儿吹进眼睛里。

　　宋稚子的步子慢下来，看着前方的背影，突发奇想，悄悄从书包里掏出手机。镜头对准了米沉和顾屿的背影，把那一刻定格。

　　宋稚子欣赏着自己拍下来的照片，笑得开心，越看越满意，忍不住举着手机跑到米沉面前："沉沉，你看，你和顾屿这样像不像农民工夫妻进城？"

　　这回轮到米沉骂宋稚子了："滚！"

　　宋稚子捂着肚子，笑得更加得意。

　　顾屿也低头朝手机屏幕瞄了一眼，对宋稚子说："把照片发我一份。"

　　宋稚子一愣，下意识地点头。米沉踢了一脚路边的小石子，朝顾屿警告说："你可别添乱了啊。"

　　顾屿意味不明地笑了笑。

　　转瞬即逝的笑容，短促而明媚，米沉觉得自己的眼睛好像被今天的阳光闪了那么一下。

03.

　　沥淮一中有个不成文的规矩，高中一共有两次军训。

除了高一入学的那次，还有升入高三时，组织一次。据说不知是哪一届老校长定下来的，老校长大概认为高三学生需要一个强健的体魄和良好的精神面貌，才能好好度过这个时期。

于是，为了锻炼高三学子的意志和抗压能力，开学一星期后，他们集体被送到训练基地。

地点定在林崇山。

宋稚子听说，那边下山的路只有一条，如果熬不住了想下山，除非被抬着出去。米沉在她脑门儿上弹了一下："耸人听闻。"

各班发放完军训服以后，是教官宣读营规。

教官看上去二十七八岁，还很年轻的男人，听闻他曾经在边疆恐怖袭击中穿越炮火，一个人单枪匹马地击毙了七个暴徒。传闻不知真假，但多少让米沉有点儿钦佩。

她一转头，就看到顾屿。

他站在男生队伍的最后一排，个子很高，很显眼，想不注意到都难。米沉朝他挥了挥军帽，却被教官逮了个正着，立即被罚跑圈。

米沉撇撇嘴，光荣地成为这次高三军训中第一个被罚的学生。

解散之后，偌大的操场上只剩下米沉一个人。快要落山的太阳，像一个熟透了的大橘子挂在山峰上。晚归的鸟群飞入山林，四处都是麻雀的叫声。

米沉越跑越郁闷，直到最后一圈结束，才发现操场旁边的大树下竟然有人。

原来顾屿没走。

把手边的水瓶扔过去，米沉接住，灌了一口，大口喘气道："还算你有点儿良心。"

顾屿问："怎么没溜走？"这实在不像她。

米沉擦了把脑门儿上的汗，说："在人家的地盘上，我总不能和教官对着干吧？我这叫审时度势，顺势而为。在战斗力不足的情况下，还是乖乖听话比较好，不要拿鸡蛋去碰石头。这也就是在林崇山，要是在沥淮一中，我早就回家睡觉了……"

顾屿听她兴致昂扬地宣扬她的处世哲学，一本正经地胡说八道，说到最后，她咂咂嘴："我渴了。"

顾屿把自己喝剩的半瓶水也给她。

"又渴又饿，喝水不管饱，这个点食堂肯定没饭了。"她是存了心想要刁难顾屿，"今天要不是因为你，我怎么会被罚哦？"

没想到顾屿从肥大的迷彩服口袋里掏出了一块巧克力，这是趁着刚才休息的空当，别班的一个女生送给他的。

"别人送你的礼物，我不吃。"米沉酸溜溜地说。

顾屿撕开包装纸，把巧克力往她嘴巴里送。米沉想要反抗，双手立即被擒住了，动弹不了。

"张嘴，在战斗力不足的情况下，还是乖乖听话比较好。"

米沉惊讶地"啊"了一声，巧克力趁机被塞进来。

米沉在晚风中凌乱了，震惊不已，她竟然被木头人顾屿给调戏了！巧克力在舌尖上一点点融化，是香橙味的。

她瞪大了眼睛看着顾屿。

"我让宋稚子给你打了一份饭，拿去你宿舍了，现在先用巧克力垫垫肚子。"

"哦……"

"巧克力好吃吗？"

"嗯……"

白天折腾了一天，晚上还有军事礼仪训练。

刚开始被要求做到的，只不过是那几条最简单的准则——"站如松"和"坐如钟"。听起来简单，真正要做到却很难。连续地站立和坐下，持续时间一久，身体的一部分总感觉会麻痹掉。

顾屿看见米沉盘腿坐在前排，脑袋一个劲地往下栽，估计困得很。

后来来了个首长级别的人物，上台讲了几句话，不知怎么聊到了关于自我救护的知识，开始侃侃而谈，地震、火灾、洪涝发生时如何逃生，一条一条的知识全倒出来，也不知有多少人听进去了。

米沉不记得那天自己是如何挨过去的，终于回到宿舍，瘫倒在床铺上，就那样沉沉地睡过去。

　　林崇山军训持续了一个星期，最后让米沉印象深刻的是那一次野外生存活动。

　　他们搭建帐篷睡在山顶的平地上，前方就是悬崖峭壁，站岗的教官仿佛在悬崖的边缘扎根，屹立如山。

　　晚饭也在山顶解决，各班组织野炊。米沉和两个男生一起负责拾柴，原本被分配去烧火的顾屿，后来不知怎么也加入到他们的队伍中。几个人在山道上捡干枯的树枝，用藤条扎在一起，一捆一捆地抬回去。

　　米沉和顾屿落在后面，天色逐渐灰暗，月亮从稀薄的云层后冒出来，夜幕上有壮阔的星辰，美得不可思议。山中静如深海，屏蔽了外界人群和车辆的喧嚣，也没有闪烁的霓虹，连心都好像沉静下来。

　　"我以后要盖一座大房子，住在山里。"米沉说。

　　"嗯。"

　　"你嗯什么？"米沉不解地仰头看着顾屿。

　　顾屿却不说话了，随即而来的是漫长的沉默。再往前走就是驻扎的大部队，各种声音又渐渐大起来。

　　嗯，我知道了，你以后要盖一座大房子，住在山里。

　　我可以和你一起吗？

顾屿在心里默默想着。

04.

军训结束后，从林崇山回来，大家只觉好像脱了一层皮。只是班主任那种"脱胎换骨"的说法，还是太过夸张了一点儿。休整之后，随即而来的是高三紧张的复习课程。以往的月考变成了周考和天天都有的随堂测试，各科试卷像雪花似的发下来，堆在课桌上，怎么也做不完。

家长会也如期而至。

全班只有少数几位同学的家长没有到场，其中一个就是顾屿。米沉把杜小清领到自己的座位上，余光里看见少年冷清的背影，从教室后门绕出去。

班主任在讲台上慷慨激昂地讲述这一学年的重要性，动员家长多关注孩子们的生活和学习状态，如何努力成为他们坚强的后盾，陪伴他们更好地度过这段特殊时期。

班主任说，每个学生座位的抽屉里，都有一封写给家长的信。那是前一天的班会课上，每个同学被要求写给父母的心里话。

杜小清满怀着期待的心情，打开一看，结果纸上只画了一个穿长裙的女人，更像是随手的涂鸦。

　　反面是一行龙飞凤舞的字：母上大人，我爱你，全世界你最美。

　　杜小清放眼张望，有的妈妈拿着信纸感动不已，正在偷偷抹眼泪。到她这里，就变成哭笑不得。

　　她拿笔在长裙女人旁边画了一个扎着辫子的小女孩儿，认真落了款，后面附上一行小字：妈妈也爱你。

　　教室被家长们占用了，整个高三年级的学生全挤在了走廊上，这反倒成了难得的悠闲时光。学霸们依旧捧着书在看，大多数人还是选择聚在一起聊天，还有的人去商店买点儿零食回来，或者出去散步。

　　米沉找了一圈，没发现顾屿的影子。

　　在路上偶然听见有人说，文科班的顾屿和理科班的黎岸舟打起来了。米沉问清楚了地点，就往体育馆跑，结果只是虚惊一场。

　　篮球砸在木地板上，好像战鼓发出的声音。

　　顾屿和黎岸舟两方对峙，原来两个人只是在篮球场上打起来了。

　　进攻和防守，都很精彩，听到消息前来围观的人越来越多。米沉站在看台上，只见没一会儿，底下的球场边沿就围满了人。各自的啦啦队阵营都很强大，呐喊和助威的声音响彻整个体育馆。

　　两人打到最后也没分出胜负。

　　看守体育馆的老师闻讯而来，因为半个小时以后，市里的一场篮球比赛将会借用沥淮一中的场地，现在必须保持场内的整洁，老师把他们都赶了出去，这场 PK 也被迫停止。

场上的比赛一终止，米沉想到周式微今天估计也没能来，下意识地就朝黎岸舟走去。结果场外拥上来送水的女生大有人在，瞬间把她挤到了后面。

一早等在旁边的阮千及也在其中，她把手中的矿泉水瓶递给黎岸舟，后者接过来，配合得默契十足。

米沉愣了愣，脚步忽然就停住了，没有再上前。

肩上一沉，顾屿的手掌盖在了她头顶，暗自用力地揉了揉，简短地问："我的水呢？"再自然不过，又理所当然的语气。

旁边许多瓶水伸到面前来，他偏偏视而不见，好像要刻意刁难米沉。

米沉说："在商店，还没来得及买。"

"那现在去买。"顾屿搭着她的肩膀往体育馆外走。

身后激起千重浪。有人开始议论，米沉以前追黎岸舟那样疯狂，现在看见阮千及在，终于知难而退了；也有人说，米沉也不亏，她现在和顾屿走得那样近，顾屿也不见得会比黎岸舟差。

黎岸舟不经意地瞄了一眼，看见那一高一低的两个人，身后的影子重叠在一起，亲密无间。

走了一段路，耳根终于清净了。米沉问顾屿："你和黎岸舟怎么突然 PK 起来了？"他们两个应该不熟才对。

"看对方不顺眼。"

其实这只是一个巧合。

今天顾屿和黎岸舟，都没有家长到场。纪临不可能来参加顾屿的家长会，而周式微住院，注定会缺席。两个男生一早就晃出了教室，准备去球场打发时间，在路上不期而遇，看见对方，忽然很想来一场。

走到小卖部门口，米沉还真进去给顾屿买了一瓶水，突然问道："你家里怎么没有人来？"

她一直觉得顾屿太过神秘，突然降临的转学生，独居在西池小街，一个人生活，从来没有听他提及过自己的亲人。

经过这么长时间的相处，米沉对顾屿没了那些顾忌，想到什么就直接问出了口。

小卖部的阿姨正在看电视，是前段时间热播的一部大型宫廷剧，里面的皇后一角尤其出彩，台词句句经典。阿姨看得津津有味，甚至忘记了收钱。

顾屿也朝屏幕上看了一眼，上面赫然是古装扮相的纪临。她是老戏骨，一颦一笑都带着风情，又保养得好，上了妆就让人看不出年纪，是整部剧里的亮点之一。她天生是演员的料，得入这一行。

有舍有得，顾屿不过恰好是纪临舍弃的那一部分。

慢慢长大后，顾屿其实没有再怪过她。每个人都是独立的个体，纪临要走那条属于她的路，他也会有自己的人生。

只是他也曾经想过，倘若以后自己有了家，有了亲人，要用真心妥善对待，小心地呵护起来。

外面的阳光依旧灼热。走出小卖部，米沉很快就忘记了自己问过的话，顾屿也终归沉默着，没有再聊起那个话题。

05.

高三的学业紧张，连米沉这种不太爱读书的人也开始接受题海战术，课桌上一本一本的试卷越积越厚。她去餐厅辞了周末兼职的活儿，第二天，顾屿也去结了工资走人。

"不打临时工了，你会不会没钱花？"米沉转着笔，忽然想到了这个。

顾屿想了想说："每天穿校服，吃食堂，也还过得下去。"也不知道是不是真话。

他的书掉到地上，米沉随手弯腰去捡，上面满纸的英文和代码让她眼花缭乱。狐疑地把书还给顾屿，米沉打量他："这书是你的？"

"图书馆借的。"

其实米沉想问的是，这书你看得懂吗？

顾屿却钻了她话里的空子。好像又是一次答非所问，米沉想，他可能是故意的。

"你好像对计算机很感兴趣？"

"嗯？"

"我发现你在书店看的都是那一类型的杂志，老实说，你是不是在钻研计算机方面的东西？"

"嗯，那方面比较容易赚钱。"

米沉朝他竖了竖大拇指："真有远见！同志，苟富贵，莫相忘，以后赚了大钱不要忘记同桌。"

他居然真的正儿八经地答应她："好。"

"米沉，外边有人找！"罗勒在门口的饮水机前接水喝，朝教室里面喊了一声。

米沉以为是宋稚子，跑出去看，却看到站在走廊上的人是阮千及，开口就是："黎岸舟要退学了你知道吗？"

米沉不太敢相信。

"反正这是真的，读完这个星期，他就不会再来学校了。"阮千及讽刺而轻蔑的语气，好像要在米沉心上敲出一个血淋淋的洞，"他没有说究竟为什么退学，我猜是家里的原因，你不是他青梅竹马吗？怎么什么都不知道？"

阮千及的声音还在继续："果然，你的那些在意和喜欢，都是假的吧？"

米沉被问得哑口无言，找不出一句话来反驳。

下一堂语文课，老师写完板书，叫米沉起来朗读诗词，她站起来盯着黑板出神。顾屿扯了扯她袖子，她才反应过来，干巴巴地念："欲买桂花同载酒，终不似，少年游。"

蝉鸣聒噪，仿佛就响在耳边。

语文老师最后拍了拍黑板，意有所指地说："上课认真听讲，不要开小差。"

玉兰在烈日笼罩下洒下一片浓密的绿荫，把教学楼团团裹住，粉笔灰在空气里沉沉浮浮。米沉看着对面墙壁上悬挂的时钟，等待下课铃声响起。

今天的时间特别难熬。

终于熬到放学，语文老师还在讲台上整理讲义，米沉就已经从座位上站起来，往教室门外冲。顾屿在背后叫她："米沉你今天……"

——值日。

话还没有说完，米沉已经跑没了影。

怎么这么着急？顾屿从她离开的门框收回视线，往书包里塞课本和习题，不禁想起米沉刚才上课心不在焉的样子。

罗勒跑过来，问顾屿："米沉赶着去投胎？"

顾屿不太搭理人，罗勒一边对着值日表发愁，一边碎碎念："那垃圾没人倒了，我得找个人和米沉换一天值日……"

顾屿径直走到后排墙角边，把两个装满垃圾的巨大的黑色塑料袋拎起来，一言不发地走了出去。

罗勒在后边直感慨活雷锋，小伙子真是面冷心热。

另一边米沉正匆匆忙忙赶去理科班找人，一步跨两级台阶，结果还是迟了一步。

黎岸舟班上的同学告诉她，黎岸舟刚刚才走的，估计和米沉走的不是同一边的楼梯，两人一个上楼一个下楼，正好错过了。

米沉猜人应该还追得上，往楼下张望一圈，发现黎岸舟在水槽旁，拽着书包往校门口的方向去。米沉喊了一声，黎岸舟没有听见。

她又"噔噔噔"地追下去，一会儿工夫，那条路上已经没有了黎岸舟的踪迹。到处都是穿校服的学生，被夕阳晒红了脸庞，三五成群地结伴走着，叽叽喳喳说话的声音吵个不停。

米沉想了想，今天非找到黎岸舟不可。

退学的事情，她得问清楚。

高三教学楼后，一处静谧的竹林里，黎岸舟的眼睛危险地半眯起来。

茂密的竹叶仿佛筑成了一道坚实的隔音墙，把嘈杂的声浪全都挡在了外面，此刻安静得能听见自己的心跳声，宋稚子紧张地咽了咽口水。

面前的黎岸舟离她太近，他比她高太多，少年低低的嗓音从头顶传来："把我找到这里来到底什么事？"

宋稚子一看见他就紧张，默默地在心里组织语言。还没开口，黎岸舟就在旁边催促："现在旁边没其他人，有话快说。"语气听起来并不是那么耐烦。

"听说……你要退学了？"宋稚子底气不足地问。

"谁告诉你的？米沉？"

宋稚子摇头，又捏着双肩背包的带子不说话了，脸颊涨得通红。

她对黎岸舟关注得并不比米沉少，或许还要更多一点儿。

她曾经暗地里打听过黎家的事，知道黎岸舟现在的家庭支离破碎，他的养父已经去世，家中只剩下一个病重的养母。

年少时隐晦的喜欢，她从来说不出口。这种情感始终埋在心底，旷日持久，像是冬日里荒原上的一场大雪。

"为什么要退学？"宋稚子小声又固执地问，她着急地脱口而出，"因为钱吗？"这大概是最直接，却又是最愚蠢的问法。

而她在他面前本就显得笨拙，一时间慌了手脚。

果然，黎岸舟讥讽地朝她笑了笑："怎么，你要给我钱？"说着，把手伸到了她面前。

"我……我不是这个意思……"

"那你是什么意思？"

宋稚子清晰地感觉到后颈上流出的汗，一路滑进衣服里，喉咙干得发疼。

"你喜欢我对不对？"少年恶劣地将秘密一语道破。

宋稚子呆愣着，脑袋里好像有烟花炸开，一阵轰鸣。她想要反驳，但是瞬间丧失了语言能力，黎岸舟已经捕捉到了她的那些小心思，她再隐藏，也于事无补。

"如果你需要钱，我可以给你，只要你……你别退学。"

黎岸舟又笑了一声："我还以为你会说，只要我跟你在一起，你就肯给钱……"他突然俯身，凑到宋稚子耳畔，呼出的气息灼热，"怎么这么老实？成天跟米沉混在一起，也不跟她学着点儿，她可比你混账多了。"

宋稚子后退一步，却不肯认输般地看着黎岸舟，似乎在等他给出答案。

　　"得了吧，"黎岸舟揉了把她的头发，"小状元，以后离我远点儿，别再管我的事了，不然吃亏的可是你。"

　　宋稚子的脸更红了。

　　以前米沉每次调侃她，就喜欢叫她小状元、学霸君、考神之类的称呼，没想到被黎岸舟听到了。

　　"你如果退学了，画画的事情怎么办？"宋稚子不敢松口，努力想要说服黎岸舟，"还有……沉沉怎么办？你要是一声不响地走了，她那么关心你、那么喜欢你，一定会……"

　　宋稚子被黎岸舟的一声嗤笑打断。

　　米沉关心他、喜欢他？

　　宋稚子不知道，那些关心和喜欢都是黎岸舟强求来的。

　　轰动全校师生的告白、深夜为他奔赴愚庄、榕溪湖里找樱花笔……倘若不是他手中握着米家的把柄，米沉受他威胁，又怎么会发生这些。

　　他们之间，哪儿来那么多缘分，全靠他死撑。

　　一个在文科班，一个在理科班，不同的楼层，不同的圈子，如果不是有心，偶遇的几率都很小；一个在中心地带的别墅区，一个在贫民窟里的桐安区，天差地别，根本碰不上面。

　　"宋稚子。"黎岸舟突然叫她的名字。

"在！"宋稚子郑重其事。

怎么好像课堂上点名答到，黎岸舟失笑："你以后会一直陪在米沉身边吗？"

短暂的失神之后，宋稚子重重地点头，肯定地说："我会。"

竹叶摩擦发出窸窸窣窣的声音，茂盛的竹叶过滤掉毒辣的阳光，连少年的声音也变轻了："谢谢你。"之前的戏谑和玩笑不复存在，话里只有满满的认真。

宋稚子从没见过这么温柔的黎岸舟，她看见过他拒绝米沉时的样子，冷漠、狠戾，甚至好像还带着一丝恨意。

可现在他却对她说谢谢，谢谢她答应会一直陪在米沉身边。

这很矛盾不是吗？

宋稚子忽然愣愣地猜想，黎岸舟会不会很喜欢沉沉呢？只是，如果喜欢，之前为什么要拒绝她、伤害她？

年少时的心事啊，复杂地缠成一个个毛线球，线头乱了，从一开始都是乱的，怎么也解不开。

"小状元，你今天答应我的可别忘了。"

"好。"

"一言为定。"

"嗯，一言为定。"

06.

黎岸舟在桐安区的住址，米沉之前去过一次，现在再找过去，就容易很多。

忐忑之后，米沉敲了敲门，过了许久，里面仍然没有传出一点儿动静。对面一扇锈迹斑斑的铁门反倒开了，里面探出一张中年男人凶神恶煞的脸："吵个屁！里边没人，老的小的全在医院！"

要是换作平常，米沉估计早就瞪回去了，现在她却不得不和颜悦色地打听周式微在哪家医院，甚至还用了敬语："请问您知道他们去了哪家医院吗？"

话还没问完，男人一甩手，铁门再次"砰"的一声关上了。

米沉碰了一鼻子灰。

米沉迟钝地察觉到，这次周式微恐怕熬不过去了。不然，以周式微的性子，根本不会住院，黎岸舟也不会轻易退学。

米沉以为黎岸舟讨厌她，所以尽量避免出现在他面前。可是她没有想过，在她看不见的地方，他过得并不好。

不好的程度，远远超乎她的想象。

米沉不记得这是第几次拨打那个熟悉的号码了，黎岸舟的手机永远无法接通，他已经下定决心，要把她剔除出他的生活了吗？

今天是周五，米原国打电话来问米沉怎么还没回家。

米沉随口扯了个谎："今天同学聚会嘛，大家玩得这么开心，我怎么能提前走呢？太扫兴了……"

经过上次砖头砸人的事情以后，米原国对米沉已经不太放心，再三叮嘱她早点儿回家："你不会又去找黎岸舟了吧？"

这是米原国最担心的。

黎申死了，黎家落败，他潜意识里不希望米沉和黎岸舟走得太近。偏偏米沉不知道怎么回事，赶着凑到黎家小子面前去，巴巴倒贴。

米沉一边从桐安区走出来，一边还要耍嘴皮子应付米原国。

天已经快黑了，那段路上没安装路灯，两边是破败老旧的楼房，有的窗口闪着朦胧的彩光。米沉加快脚步，好不容易把米原国敷衍过去。

挂上电话，她摸摸鼻子，她要是匹诺曹，鼻子估计已经两丈长了。

刚长舒一口气，手机铃声又响了，米沉看都没多看一眼就按下接听键："爸，你是不是更年期到了……"

电话那头的人似乎怔了一下，没有出声。

米沉一听不对劲，连忙看了眼号码。

居然是顾屿。

　　"米沉。"顾屿卷着裤脚在院子里锄草，这边要是不定期打理，草会长得比人高。

　　中途休息，顾屿坐在阶檐下歇气，拿起老人机给米沉打电话，没想到她给他行了这么大的一份礼，他定了定说："你不要乱叫，我吃不消。"

　　米沉："……"

　　"还有，"顾屿说，"我的青春期还没过完，应该不到更年期。"

　　米沉："……"

　　这人什么时候这么伶牙俐齿了，平时不是闷声不吭吗？现在损起她来可比谁都厉害。米沉只好窘迫地转移话题："你在干吗呢？怎么突然会给我打电话？"

　　"今天你提前跑了，后来数学老师过来又发了三张卷子，说周一早上要交。我把你的一起带回来了。"

　　"啊，还能不能有个愉快的周末了！"米沉试图和顾屿商量，"反正你自己也要做作业，顺带把我的那份一起写了吧？"

　　顾屿抖了抖裤腿上的草屑，声音听起来懒洋洋的："没空。"

　　"别这么傲娇嘛！"米沉笑着讨好，"好歹同桌一场，咱们应该互相帮助，下次我替你写作文怎么样？"

　　"明天见面，"顾屿嘴角微微翘起来，声音却一如既往的冷淡，"我把卷子带给你，你别想偷懒。"

米沉气得吐血。

"约个时间和地点。"

"嗯……"米沉想了想说,"就明天下午一点吧。我上午还有点儿事,在学校对面的花店见面行吗?我刚好要去那里买束花,我妈后天生日。"

"可以。"

米沉挂了电话,在路口拦下一辆车离开桐安区,她心里计划着明天上午去找李霁昀。黎岸舟要退学,李霁昀说不定会有办法。

西池小街 16 号。

天黑了,顾屿打开屋檐下的灯盏,照亮院子。他重新拿起旁边的镰刀,准备加快速度把东边的芭蕉地整理好。

屋里的电脑发出声音,有人给他发来视频邀请。

除了那位让人不省心的纪女士,应该不会再有其他人了。顾屿无奈地揉了揉额头。他不接,纪临就不厌其烦地一遍遍发过来。

顾屿拿毛巾擦干净手,坐到电脑面前,身后是一片空荡的灰色墙壁。点击了接受按键,纪临的脸出现在屏幕上。

"有事?"顾屿问她。

纪临不满地控诉:"乖儿子,能不能换个亲热点儿的开场白?你每次跟妈妈说话都这么冷漠。"

"你没事的话，我还有事。"顾屿说。

纪临这几天找他找得很频繁，无非是想劝他离开沥淮。

"我已经确定在源城安定下来，房子都看好了。源城宜居，经济繁荣，气候也好，你过来，我们母子俩做个伴不好吗？"纪临试图说服顾屿，她这阵子绞尽脑汁想把人拐回去，但每次都无法得逞。

顾屿不为所动："我说过了，我在沥淮过得很好，暂时不打算走。"

"那你打算什么时候走？"

"留在这边读完高三，考大学，然后再做决定。"

纪临一听，立马反对："我纪临的儿子怎么可能一直被困在那个小地方！"

"我来的时候不情愿，你怎么没想过，我走的时候也会不情愿？"房间里有些昏暗，顾屿只打开了一盏壁灯，他的轮廓看上去有点儿模糊，只是嗓音无比清晰，"上一次是听你的，这次轮到我做主了，纪女士。"

说起顾屿来这里的初衷，纪临多少有些心虚。

"儿子，老实说，你是不是谈恋爱了？"纪临忽然猜测，女人的第六感让她敏感地察觉到了这一点，紧追着问，"在沥淮有了喜欢的女生，所以不愿意离开？"

顾屿握在鼠标上的手一顿，然后直接切断了视频画面，纪临还没有说完的话与她的图像，直接消失了。

　　好像还没来得及细想，动作快过大脑，下意识的动作，他不想再听纪临继续问下去。

　　为什么呢？

　　掩饰吗？心事被纪临一语中的地戳破了。

　　尽管纪临只猜对了一半，他没有谈恋爱，只是有了喜欢的女生。

07.

　　星期六，米沉起了个大早。

　　米原国坐在餐桌前看报，见她顶着一头乱蓬蓬的长发过来，诧异地问："今天这是怎么了？餐厅兼职不是辞了吗？"

　　杜小清从厨房端着吐司出来，帮腔道："该不会是起来搞学习吧？"

　　"我又没疯。"米沉翻了个白眼。

　　"对了，妈，你是搞艺术的，听没听说过你们艺术界有个叫李霁昀的老先生，是位画家，祖籍在沥淮……"

　　"听说过。"杜小清说，"不仅听说过，我还认识他，你也认识，你小时候他还抱过你呢。"

　　"啊？"米沉惊得下巴都快掉了。

"他是你外公的老友，你小时候他来咱们家做过客，还抱过你呢。"

米沉恍然大悟："原来是外公的老熟人，果然艺术家的朋友也是艺术家。"她拿来纸和笔递给杜小清，"妈，你把他的住址和电话告诉我。"

杜小清狐疑地问："你要干吗？"

米沉叉着盘子里的半个荷包蛋说："这几天脑袋开窍了，想接受一下艺术熏陶，向老一辈请教请教。"

知女莫若母，杜小清觉得这其中有诈，还在犹豫，米原国帮米沉说话："你就告诉她得了，看她能闹出个什么名堂来。"

米沉说："我大概也能成为一名艺术家，继承我妈的衣钵。"

杜小清妥协了，说："老先生住在瑞松会馆，平常不见外人，你这样过去，准会吃闭门羹。我先帮你打个电话给会馆那边。"

米沉说："谢谢额娘。"

瑞松会馆。

黎岸舟已经在这边的画室里待了一晚，第二天晨曦微亮，李霁昀起床打太极，发现他坐在蒲团上，无奈地叹了口气。

"你真的不学画了？"老先生第八百遍问他的小徒弟。

黎岸舟始终还是那个答案："不学了。"

即便李霁昀不收取他任何费用，可光是绘画用的各种工具，也是一笔不小的开支。周式微的身体越来越弱，昂贵的药费需要他来承担。他连学都不想上了，只想努力打工赚钱，让医院用最好的药，让周式微多活一天。

"人的天赋是经不起消耗的，浪费了就没有了。"李霁昀真心惋惜，好不容易收了个关门弟子，结果他却要半途而废。

"你要是有什么困难就跟我说，为什么非要放弃？"

黎岸舟摇摇头。

李霁昀对他好，但他不能仗着别人的好，就伸手索要。周式微治病的钱，得靠他自己。黎家养了他十几年，不能白养。

"老师，这些天谢谢您的照顾。"黎岸舟说。

他正式拜师时是在这间画室，向李霁昀行了大礼，如今要走了，也是额头点地，就好像来的时候一样。

李霁昀还想说点儿什么，外面有人敲门，说客厅有个电话需要老先生去接。

李霁昀朝黎岸舟摆摆手："算了，你以后要是反悔了，再回来。"

黎岸舟说好，在画室里开始收拾自己的东西，准备离开。

这间画室是当初李霁昀专程让人收拾出来的，几乎为黎岸舟所专属。老先生偏心得很，对于喜欢的小徒弟，一点儿都不吝啬，全部给他最好的。

　　柜子里、角落里，堆的都是黎岸舟的东西，用干净的白布罩上去，制造出了好像要出远门的假象。画架上还有未完成的作品，女孩儿半张脸的轮廓，很像一个人，无意识就画出了米沉的样子。

　　以前黎申还在的时候，他们一家子住在小洋楼里，他和米沉做邻居。他躲在阁楼里画画，打开一扇小窗，楼下花园里小孩儿打闹的笑声传进耳朵。他趴在窗口朝外张望，看见那个扎两个小辫的女孩儿霸气地指挥全军，神气得不得了。

　　他拿起画笔，脑子里全是她的样子。

　　好像从那个时候开始，他总会不自觉地把她画下来。她故意反穿衣服搞怪的样子、她站在篱笆前挨大人训的样子、她站在教室后面写黑板报的样子、她高兴时眉飞色舞的样子、她生气时怒发冲冠暴走的样子……

　　黎岸舟的画纸就像一本日记簿，记录了米沉成长的点点滴滴，不知不觉中，原来喜欢这个人已经这么久了。

　　他从来不告诉别人，自己有多爱画画这件事，那些平日和他勾肩搭背的玩伴，也没有谁知道。正如他喜欢米沉，知情者寥寥，包括米沉这个当事人，也被蒙在鼓里。

　　有些东西有些人，好像只有藏好了，才真正属于自己。

　　黎岸舟从画室走出来，外面的庭院清幽寂静，只有李霁昀养的八哥在斗嘴。鸟笼子挂在屋檐下，两只灰色的小家伙雄赳赳气昂昂，架势很足。

　　黎岸舟从它们面前过，喂了点儿食，八哥便开始讨好他："您慢走，您慢走……"

　　黎岸舟哭笑不得。

　　隔壁的回廊里响起一阵脚步声，还有李霁昀同人说话的声音，黎岸舟猜会馆应该来了客人。瑞松会馆很大，是仿古风格的建筑，整体布局有点儿像苏州一带的古园林。长廊之间相通，脚步声渐渐拉近。

　　再碰面，黎岸舟怕李霁昀为难，等会儿再走更加不容易，刚才已经行过了礼，不如就现在悄悄地走。

　　等李霁昀领着米沉过来这边画室，黎岸舟正好从廊角拐弯处离开。

　　"这臭小子，还是留不住！"李霁昀气得想骂人。

　　米沉过来找李霁昀，是要打听黎岸舟的近况，想让李霁昀说服黎岸舟不要退学。只是没想到那家伙不但要退学，连画画也放弃了，李霁昀也拿他没办法。

　　米沉说明来意，李霁昀一直在感慨可惜了好苗子："昨天跟我耗了一晚上，他是铁了心要走，没办法了……"

画室被整理得妥帖，干干净净的，地板上立着的画架像小兵一样驻守在领地上，外面的八哥又扑腾着翅膀闹起来。

米沉无功而返，心情低落，李霁昀反倒安慰起小辈来，请她喝茶。

"之前在沥淮一中讲课那次，您是不是就已经认出我来了？"米沉问。

"你眉眼间跟你妈有点儿像，而你妈妈跟你外公像，我还是看得出一点儿来。"李霁昀聊起故人，心里有些怀念，"一眨眼，米老头就走了二十多年了……"

听李霁昀这样称呼外公，米沉也忍不住笑："现在有个商标就叫米老头，您知道吗？"

李霁昀说："我知道，那个卖煎饼的。"

"他们家还卖蛋卷和瓜子，也挺好吃的……"

一老一少漫无目的地闲聊，意外地聊得来。米沉觉得，要是她外公还在世，应该也会像李霁昀现在这样子。

等到米沉要走了，李霁昀还舍不得，要留她吃午饭，她惦记着下午一点和顾屿的约定，只好谢绝了。

"以后有事情就来找我，我老了，不怕烦，你就当我是你亲外公。"李霁昀对米沉说，又格外强调，"这可不是说着玩一玩的客套话……"

米沉只好点头答应了。

外边是很好的艳阳天，日光灼灼，会馆四周种植的松柏和翠竹过滤掉了一分暑气，微风拂来，清凉又惬意。米沉从李霁昀那里带走了一幅画，是黎岸舟之前上交的作业，纸上画的是一个小巫女，骑着扫帚，飞越万重山。

画风难得有点儿活泼可爱，和黎岸舟其他的作品都不同，米沉一眼看见就喜欢，央求李霁昀送给她。

后来几年过去，米沉整理旧物，偶然发现这画背面其实还有一行小小的字：生日快乐，我的女孩儿。

落款的时间是某一年的 12 月 27 日。

恰是她的破壳日。

第七章

那是我亲自为你画上的句点

01.

沥淮一中对面那家叫日光线的花店，是个小小的传奇。

据说一中建校之前，它就坐落在那条小街上。后来旁边慢慢有了文具店、小吃店、理发店、饰品店等，各种各样的店落户，它始终在那里，夹杂在一片市井烟火中，做着不温不火的小生意。

十多年前发过一场大火，街边的商铺损失惨重，大多店铺都换了招牌和老板，只有日光线还在那里，逐渐成了那一片标志性的建筑。

顾屿在日光线等米沉，还没到约定好的时间。店里各种花香混在一起，倒也不难闻，薰衣草的味道最浓郁。

　　"咚！咚！咚！"

　　玻璃窗被敲了两下，米沉好像是凭空冒出来的。

　　"怎么来这么早？"她问。

　　顾屿说："你不也一样。"

　　"试卷呢？"

　　顾屿从书包里把数学卷子拿出来，米沉草草地翻了翻，后面几道大题是让人头疼的求导题型，还有数列和函数的综合题型。趁着顾屿在旁边，她干脆在花店开始赶作业，遇到不知道的好赶紧问他。

　　"你的做完了？"米沉问，先在卷子的左侧写好名字和班级。

　　"嗯。"

　　"三张卷子你一共花了多长时间？"

　　"不知道，周五发下来就做了。"当时班上有同学被历史老师留下来背历史纪年简表，大概折腾了半个小时。等历史老师走了，顾屿的卷子也写完了，"可能三十分钟。"

　　米沉震惊，抬起头，无意识地咬笔杆说："你不是人。"

　　顾屿皱眉，把笔从她嘴边解救出来："不卫生。"

　　"如果我三十分钟后没做完，剩下的部分就交给你了，你来完成。"

　　顾屿不表态，没说答应，也没拒绝。

　　"行不行？"

"那我岂不是很吃亏？"

"你想怎么样？有什么要求尽管提！"

"待会儿跟我去个地方。"

"成交！"

她举起手，固执地要求击掌为誓。顾屿拗不过她，最后终于也抬起了右手，结果她却把手握成拳头收回去。

顾屿伸出的手尴尬地落了空。

米沉的恶作剧得逞，得意地笑了起来，明媚得像盛夏里的阳光。

顾屿也不恼，见对面的人不懂适可而止，才出声提醒她"别笑了，半个小时计时开始。"

结果几乎毫无悬念。

半个钟头过去，米沉的试卷做得七七八八，只做了选择题和填空题。顾屿三下五除二地帮她解决了余下的部分，而她只要按照之前说好的，跟着顾屿走就好了。

对于他们彼此来说，算是双赢的局面。

"等一下，我忘记买花了！"米沉差点儿忘记自己来这边的主要任务之一，就是给杜小清准备生日礼物。

她挑选了一大束郁金香，店里搞活动，送了她一枝红玫瑰。

顾屿把花放进前面的自行车篓子里，米沉跳上自行车，大声问他："到底去哪里呀，神秘兮兮的。"

"到时候就知道了。"

顾屿选的是一条小路，路上铺着石子，车轮碾过，"叮叮哐哐"地往郊外驶去。两边是绿油油的稻田，风吹过时层层叠叠地起伏，好像浪花。

"咦，"米沉觉得眼前的画面有点儿熟悉，"搞什么，这好像是……"答案呼之欲出。

"是《共浮生》的拍摄地。"顾屿接话。

前一阵子，有部很火的微电影在沥淮各个学校传播开来。据说这部微电影是由真人真事改编，电影中的男女主角曾经就是沥淮一中的学生，两人高中相识，大学相恋，毕业后顺理成章地结婚组建家庭。后来他们却因为种种原因分开，男人再也找不到他的妻子。时隔多年，他回到沥淮，花重金找导演拍了这部微电影，希望妻子能够看到。

《共浮生》在4班也火了一把。

米沉和顾屿是午休时凑在一起看的，两人假装趴在桌子上睡觉，低着头，各塞了一只耳机，看完了一场二十来分钟的电影。

米沉感慨："拍得倒是挺唯美，特别是稻田那一段。"她问同桌顾屿，"沥淮有这么漂亮的地方吗？我怎么不知道……"

顾屿不是沥淮人，来这边生活不到一年，他知道的自然不会比米沉多。

米沉也只是随口一问，顾屿却拿着那部微电影的截图问了好多人。本来就是沉默寡言的少年，可想而知期间受了多少阻碍，但还真就让他找到了这片拍摄地。

正如《共浮生》里拍摄的，自行车、少年、白衬衫、稻田、盛夏……好像是大多数人关于青春的记忆。

多年以后米沉想起自己的青春，她的记忆中是否会有他？

他曾经想方设法地来过。

02.

傍晚，顾屿送米沉回去，突然下了一场暴雨，两个人被淋成了落汤鸡。

没注意保护好自行车篓里的花，郁金香的花瓣被雨水冲刷得七零八落，反倒那枝没有包扎的玫瑰安然无恙。

自行车停在米家楼下，偶尔有从旁驶过的车辆，好奇地打量狼狈的他们。米沉的裤脚都快拧得出水了，却还在心疼地处理掉那束郁金香。"这枝玫瑰还不错，被水一浇更好看了……"她把花递给顾屿，"给你算了。"

她的无心之举让顾屿一愣，双手有些木讷地接过来。

"你紧张什么？这不会是你从小到大第一次收到花吧？"情绪却被可恶的她识破，偏偏还要指出来，少年单薄的唇抿成一条线。

米沉紧抓着不放："还真的被我猜中了？"

想从他的脸上看到任何关于害羞的蛛丝马迹，米沉特意凑上前看："顾屿，你是不是不好意思？"

"闭嘴。"

"我不……"

米沉话还没有说完，突然被顾屿的一只手捂住了嘴巴，他的另一只手，慌乱无措中托住了她的后颈。

这是比奥数题还要难解的答案，比马拉松长跑更消耗心神的东西，心跳快得好像不是自己的，手掌心接触的皮肤似乎有灼人的温度。

"唔……"

米沉挣扎，过了几秒，顾屿才松开她。

"你以后想考哪里的大学？"

米沉想了想说："这个还不知道，到时候再考虑。"

顾屿说："我们考同一所大学好不好？"

你尽管考自己喜欢的学校，去想去的地方，我会紧跟着你，不掉队。

米沉当然满口答应："好啊，以后也有伴！"

黎岸舟从医院出来时，感觉到眩晕，好像是被头顶的太阳晒的，但又好像不是，医院已经给周式微下达了病危通知书，医生让家属做好心理准备。他漫无目的地顶着大太阳走了一段路，许久自己才反应过来，到了米家附近。

这么多年过去，还是改不了的习惯，难过了会想要去找她。

黎岸舟不知道在那排槐树后站了多久，看了多久，那枝送出去的玫瑰花在他眼中好像一根鲜红的刺。

他嫉妒得快要疯了。

那些膨胀的、不听使唤的情绪，在身体里叫嚣着，多久以后才可以挣脱呢？

小沉，不如尽早地，让这一切都结束吧。在这之前，让我彻底地疯狂一次。或者说，让我彻底地输给你，让我死心。

黎岸舟回到桐安区，房间被太阳晒了足足一天，又热又闷，走进去好像到了蒸笼里。窄小的窗户打开了，但还是半点儿不透风。

巴掌大的一块地方，摆着他的一张床和简易搭建的书桌，书桌上码放着一些乱七八糟的杂物，连笔记本电脑都只能直接放在床上。除了画笔和颜料外，那台笔记本电脑大概是黎岸舟保存得最好的物件，那是黎申送给他的生日礼物。

使用的时候，不自觉地就会想起黎申，便会觉得压抑和负疚。

与他并不亲近的养父，当年生活在同一个屋檐下，基本没有交流，可居然记得他的生日。黎岸舟连他的样子都快记不清了，却仍然记得，那时收到礼物雀跃的心情。

电脑里加锁的私密文件夹里，还剩下六个录音文件，黎岸舟逐一点开来听，米原国的声音让他感到愤怒，可他自虐似的听了一遍又一遍。

小时候大人讲故事，说善恶终有报，说因果轮回，说坏人最终会得到惩罚。他不知道米原国最终的下场是什么，可他担心他喜欢的女孩儿最后没有家。

03.

送米沉回家之后，顾屿接到了纪临助理的电话，说纪临出事了，让他赶紧去一趟源城。匆忙收拾东西，赶去机场，一下出租车，顾屿的手机就被偷了。

两百块钱的老人机，竟然还会有人下手，对方也是朵奇葩。

登机之前，顾屿产生了一个强烈的想法，想要和米沉联系，哪怕找个公共电话打过去告诉她自己现在机场，马上要去源城了。

但这种类似于交代行程的电话，太像男友出门之前向女友报备，顾屿想想不禁觉得好笑。

不过一瞬间的犹豫。

其实时间也已经来不及了，催促登机的广播开始响起，顾屿于是打消了之前的念头。他以为自己能很快就回来，却不知道之后发生的一切，是那样猝不及防。

飞机掠过城市的夜空，隐藏进云层中，地面上闪烁的各种光芒变成了一片璀璨星河，离他越来越远。

晚上，米沉总是觉得心绪不宁，给杜小清庆生的计划也被耽搁了，写在便利贴上的准备要制造的惊喜，她却没有半点儿要动手的兴致。她滑了滑手机屏，看到顾屿的电话号码，拨了出去。

"您好，您拨打的用户已关机。"那头传来机械又冰冷的女声。

米沉在床上翻了个身："关机？怎么回事？"

电脑上突然"叮"的一声，收到一封新邮件，她把电脑抱到膝盖上，点开一看，发件人居然是黎岸舟，上面只有一行字——

"出来我们见一面。"

夏天的夜晚依旧燥热不已，风从江面吹来，终于有了一丝凉意。米沉为了在约定的时间内赶到黎岸舟指定的地点，下了出租车后，拼命狂奔。

　　通往琥珀江中央的小岛，只有一条小路，路上幽静，米沉没遇见几个人。

　　黎岸舟比她先到，也像是跑过来的，靠在岸边的一块巨石上，气都没喘匀。他盯着走过来的米沉，脸上的表情在昏沉的夜色中怎么也看不清。

　　米沉双手撑在膝盖上，平复呼吸，额角都是汗。

　　两个人互相看着对方，气氛安静得有点儿诡异。

　　米沉之前要找黎岸舟，怎么也找不到，现在人就在面前了，却不知道该说什么："你……"

　　如果以往，开口说上三言两语，就会针锋相对。所以她和他之间，话都得先想好了再说，不然就会吵架，出口伤人。

　　"现在是二十一点过五分，你迟到了。"黎岸舟率先打破沉默。

　　"你想怎么样？"米沉不知道黎岸舟又要闹哪出，隐约觉得不太对劲。

　　"我们今天来把一切都结束吧。"黎岸舟的语气听起来就好像是心血来潮，让米沉分辨不出真假，"你把今晚的时间都留给我，我把剩下的录音全部销毁，怎么样，很划算的一笔买卖吧？"

　　他的意思是，他愿意一次性，解除她的警报。

　　如同垂钓的渔夫抛出了诱饵，黎岸舟在米沉耳边怂恿和诱惑："这样一来，你以后再也不会受到我的威胁了。"

只有他自己知道，从他选择不揭发米原国开始，他就猜到了会有这样一天，他愿意完全妥协。如果一开始就不忍心，以后又怎么会忍心揭发，时间越拖越长，他对她也只会越来越舍不得。

只是在完全妥协之前，他想要送自己一场约会。

"好，我今晚的时间都给你。"他听见米沉这样说。

黎岸舟带米沉去的第一个地方是常南中学。

熟悉的街道，他领着她再走一遍，一个走在前面，一个跟在后面，隔着两三步的距离。曾经的他们，是一起背着书包笑闹着走过去的。最喜欢的那个小面摊子还在，老板也没换人，那对中年夫妻好像还是几年前的样子，熟练地擀着面，煤气灶上熬着一大锅浓汤。

黎岸舟叫了两碗排骨汤面，和米沉面对面坐着吃。

旁边一桌是对情侣，不时发出笑声，男生好像说了某个轻易能够戳中人笑点的故事，女生笑得直不起腰。

米沉被笑声吸引，望着那一桌出神，黎岸舟选了双筷子，帮她把面前的面条拌好。

"吃完面，我们去小学走走。"他宣布接下来的行程。

"今天的主题是怀旧？"米沉问。

是告别。黎岸舟在心里说。

过完今晚，他们以后可能不会再有什么瓜葛了。

常南中学以严谨的校风著称，管理严格，甚至能和一些高中相比。米沉当年在这里混，也是让老师头疼的学生之一，因为不听话，不知被叫了多少次家长。

虽然是周末放假，但学校里还是有不少学生自愿留下来补课或者是上各种兴趣培训班。校门口有门卫守着，黎岸舟和米沉两人轻车熟路地翻墙进去。当初刚上初一的时候，米沉还没怎么长个子，得踩着黎岸舟的肩膀，才能顺利攀上围墙。

围墙后面是塑胶跑道，四周种满了香樟树。偶尔会有保安来巡逻，举着手电筒一照，那些成双成对穿校服的身影就会像逃难一样蹿入树林里。

以前米沉喜欢站在高高的升旗台上，一览众山小，跟看戏似的，指点江山说：“你看这些小鸳鸯，像不像是大难临头各自飞？”

黎岸舟对她的恶趣味嗤之以鼻。

那些时光似乎过去了很久，回想起来又近在眼前。现在他们两个高三学生，跑回初中母校，围着操场一圈一圈地溜达，已是截然不同的心境。

月亮躲藏在云里，四周就没有了一点儿光，即便米沉侧过头，也没有办法看清身边的黎岸舟。

“你说，现在要是突然有老师来操场巡逻，我们该怎么办？”

黎岸舟忽然提出假设。

好像是冥冥之中为了印证他的这个问题，米沉还没回答，斜前方投过来一束强烈的灯光，胖墩墩的副校长大吼一声："是谁在那里？！"

米沉只觉得四处有风刮过，那些孩子做贼心虚地朝香樟树后钻，以免被抓到。

也许是环境使然，米沉的第一反应竟然也是躲起来，混在几个初中生当中，跑得飞快。黎岸舟跟她一样，只是两个人跑的方向不同，顿时就没了踪影。

米沉蹲在地上，旁边的一个女生问她："你是哪个班的？"

米沉张口就来，胡诌道："初三1班。"

女生说："我是初二3班的。"

"嘘……"

副校长还在这片领地上巡视，大声教训这帮孩子："一个个的不学好，三更半夜来这儿干什么？有这闲工夫还不如去睡觉，下次别让我逮住了！"

夏天多蚊虫，只一会儿工夫，米沉的小腿肚和手臂上被咬了好几个包。她一边挠痒痒，一边等那个犹如国王般的副校长离开。

过了好一会儿，等这场危机过去，米沉才发现自己已经找不到黎岸舟了。

她从树丛里钻出来，跑道上灰茫茫的一片，空荡又寂静。她四处张望，几百米开外的几栋教学楼里，有窗口透着亮光。

"米沉……米沉……米沉……"

黎岸舟的声音忽然响起来，他在风里大声地叫她的名字，好像空谷回音，回荡在校园的上空，回荡在那段一起度过却再也回不去的时光里。

米沉顺着声音望过去，终于看见黎岸舟站在升旗台旁边的一盏地灯前。

这段时间他好像更加瘦了，站在影影绰绰的光线下，越发显得单薄，望着她的眼睛深不见底。

那是他此生不会再有第二次的勇气，他说："我喜欢你。"

兜里的手机不合时宜地振动起来，就像命运的某种预兆，黎岸舟接通电话的那一刻，强烈的不安感涌上心头，周式微的声音在他耳边炸开。

黎岸舟的脸色唰地变得惨白。

"妈，我马上回来！"

黎岸舟来不及向米沉做任何解释，飞快地隐没在夜色里，留给她一个仓促的背影和无止境的担心。

从常南中学到桐安区，三十分钟左右的车程，黎岸舟度日如年，无数种猜测在他脑海中产生。

他怎么也不会想到，出门之前太过仓促，直接把笔记本电脑放在桌子上忘记关了，更不会想到原本在医院被下达了病危通知书的周式微，会执意回家。

周式微在医院闷了一阵日子，已经是极限。她趁着护士不注意，自行出了院，连黎岸舟也没有通知，一个人回到了桐安区。黎岸舟的笔记本电脑放在那里，她不过随手一点，屏幕亮起来，就看见了录音文件。

里面传来的声音，让周式微气得差点儿昏厥过去。

她一个电话把黎岸舟召回来，全身因为疾病而极度消瘦，瘫坐在门边，好像只剩下一堆白骨。

在知道造成丈夫的死因另有隐情之后，她所有的风度、教养，还有理智全都消失，几乎陷入崩溃的状态。

周家重涵养，周式微从没有这样狠厉地骂过人："黎家养你是黎家人瞎了眼，当初老爷子把你从孤儿院领出来，怎么会想到你这样吃里爬外！他要是还活着，指不定也会被你气死！忘恩负义，活该生下来就被抛弃……"

这不叫被骂得狗血淋头，这叫生不如死。

黎岸舟心里仅有的一点儿温情，被剥皮抽筋地鞭挞，连灰烬也不给他一丝。他毕竟还只是个十六七岁的孩子，承受不了，眼眶里的泪像血一样滴下来。

他跪在周式微面前，一遍遍地磕头："妈妈，对不起，对不起，对不起……"

周式微不依不饶："把录音送去警察局报案，马上，现在就去！"

黎岸舟没有答应，只是磕头认错，一下比一下磕得狠，仿佛感觉不到痛。不过半分钟，粗糙的水泥地面上，渐渐染上了鲜红。

周式微见他这样不听话，抄起手边的一个玻璃杯，往他脑袋上一掷。玻璃杯摔到地上四分五裂，黎岸舟已经满头是血。

"黎家到底哪里亏欠你了？你爸爸虽然不说……"周式微哭得歇斯底里，"可他一直把你当亲生儿子……你就是这样对他的？黎岸舟，你有没有良心？"

在周式微的认知里，米原国贪污受贿，不公平竞争当上院长一职，是促使黎申抑郁酒驾的直接原因，米原国罪该万死。可现在，她的养子不愿意让有罪之人绳之以法，企图放过米原国。

这让周式微无论如何也不能接受。

她冲进厨房，直接拿起菜刀架在了自己脖子上，对黎岸舟说："你要是不肯去举报，我现在就死在你面前。"

"黎岸舟，你自己看着办……"

04.

黎岸舟顶着一脑袋血从屋里走出来。

桐安区一带的居民见惯了暴戾、血腥和肮脏，对于这种现象早已见怪不怪，却还是有不少人被他身上的戾气和沉重震慑到了，多看了他几眼，纷纷不动声色地避开。他踩着坑坑洼洼的路面，最终靠在一面墙上，给米沉打电话。

"米沉，我要食言了。"

他已经答应周式微了。

沙哑而疲惫的声音，让米沉一怔，她甚至产生了一种错觉，觉得黎岸舟好像哭了。

"你……怎么了？"

刚才黎岸舟匆忙地从常南中学走了，米沉觉得不放心，猜想他可能回了桐安区，现在正在出租车上，往黎岸舟家里去。

黎岸舟的这通电话，让一直萦绕在米沉心底的不安逐渐扩大。

米沉问："还有，食言是什么意思？"

"今晚跟你约好的，我恐怕做不到了。"黎岸舟顿了顿，说，"我现在要去警察局了。"

米沉终于明白过来，咬了咬唇，低声说道："黎岸舟，我们说好了的。"她的声音里带着一丝祈求。

血顺着脸颊一直往下淌，嘴巴里有了腥甜的味道，黎岸舟觉得耳边在嗡嗡地响，米沉的声音好像一把锋利的锥子，钉在耳蜗里，变成一阵阵的钝痛。

"我们不是说好了吗？你说你愿意放弃的，为什么现在……"

"我就是小人，说出的话不算数，干吗那么较真？"黎岸舟打断她，猛地吸了口气，仰着头说，"如果你恨我，那就恨吧。"

头顶苍灰色的天空像一张巨大的网，密不透风地裹住了这座城市，夜色无边无际，深不见底。黎岸舟垂下眼睑："小沉，我现在要去警察局了，不要再阻止我。"

同样的话说第二遍，不知道是为了表决心，还是真要让米沉死心。

他的语气轻缓得不可思议，仿佛小时候放学后，和米沉的短暂告别，他总是说："小沉，我走了。"

"小姑娘，到地方了。"前面的出租车司机提醒米沉。

米沉朝车窗外看了眼桐安区入口的路牌，掏出零钱给司机，手机始终和黎岸舟保持着通话的状态。

一旦黎岸舟去了警察局，米原国被揭发，她的家就要散了……

米沉知道，现在自己包庇父亲的所作所为很自私，只顾着自己，没有体谅到黎岸舟的难处，还罔顾法纪。可她只是一个普通的高中生，她想要做的就是尽一切努力维护她的家人，让这个家保持它原有的美好。

为此，她愿意付出任何代价。

"黎岸舟，我求你，我求你……"

她急得眼泪直往下掉，胡乱重复的话如同噩梦中的呓语，她边走边哭，隔着一条狭长的小街，看见了靠在墙上的黎岸舟。

"无论我做什么，你都不能放弃吗？你要我做什么都可以，我什么都可以给你！"

她像一个落入深潭的人，等待岸边的黎岸舟抛出手中的救命绳索给她，为此她愿意付出任何代价。

"像以前那样的告白好不好？或者你让我真的从天台上跳下去，给你解恨，只要你开口，我会做到的……小舟，我求你……"

她站在马路拐角处，小声啜泣，隐忍着哭到不能自已，没有边际的绝望和无力挽回的痛苦像毒液般侵入她的身体。

黎岸舟觉得那些话又冷又沉，像隆冬里悬挂在房檐下的冰刃刺过来，他无力招架，只是一回头，他就看见了周式微。

她站在身后筒子楼的楼顶上。

周式微站在天台的边缘，瘦弱得像根枯萎的竹竿，仿佛风势再大点儿，她就要被吹倒了。

黎岸舟看不清她的脸，但是他知道，周式微在用自己的方法向他表明态度。如果黎岸舟今晚不去举报米原国，她就从楼顶跳下去，不给他留余地。

这就是赤裸裸的威胁。

周式微是决绝的，她年轻时抛弃锦衣玉食的生活，跟着黎申闯天下，几十年都未曾想过要回头，老来得病，连癌症的病痛都可以默不作声地扛下来。现在，她要做的是揭发米原国，还黎申一个公道。

否则，她死不瞑目。

黎岸舟从楼顶收回目光，闭了闭眼睛，复又睁开。他见路边买烟的老彪把摩托车放在一边，招呼了一声，说借车用用，老彪爽快地把车钥匙扔给他。

黎岸舟发动摩托车，最后对手机那头的人说："小沉，就这样吧。"

"等一等！"

米沉眼睁睁地看着黎岸舟发动了车子，引擎声轰鸣。

忽然一瞬间冷静下来，她清醒地问："黎岸舟，我在想，如果我死了，算不算偿还了黎叔叔的命？"如果能够阻止你，我愿意付出任何代价。

"什么？"

路边的噪音太大，黎岸舟没有听清，把手机往兜里一塞。他踩了油门加速，摩托车风驰电掣地冲出去，眼见着就要到拐弯的路口，路边突然冲出来的红色身影像一只张开翅膀的火烈鸟，径直迎上来。

"砰！"

黎岸舟的瞳孔紧缩，因为惊愕而睁大到极限。

怎么也来不及刹车，他眼睁睁地看着那道身影被撞飞，在空中划出一条抛物线。只是在那一秒钟的时间里，他恍然想起米沉的那次天台告白，她穿的也是一条红裙子，悬在高处，裙角飘扬，摇摇欲坠，虽然只是她的恶作剧，可他至今难忘那一刻的惊心动魄。

那现在呢，这一刻的感觉该如何形容？

恶作剧里的惊心动魄，变成了现实。

第八章

倘若你我能预见离别

01.

飞机在夜色中降临在源城的中心机场。

顾屿背着黑色书包从机场出来，身边是陆陆续续往来的人群，他向四周扫了一眼，看见熟识的车牌号码，朝一辆停在偏僻角落里的白色轿车走去。他拉开车门，弯腰钻进后座，问前面开车的人："我妈现在怎么样了？"

来接顾屿的是纪临的贴身助理，叫祝茜，和顾屿之前见过不少次面，也算熟人。

祝茜打着方向盘，跟顾屿说明纪临的情况："现在她老躲在房

间里，不敢出门，说是害怕。根本没有办法露面出席活动，最近的
各种通告我都帮她停了。傍晚六点半的时候医生来过一次，开了点
儿药，说她最好还是亲自去医院做个检查比较好……"

顾屿听着，眉头皱得越来越紧。

纪临最近风头正盛，人气爆棚，同时也受到了私生饭的骚扰。
有个变态的男粉丝半夜潜入了她的住宅给她送自己的脐带和头发，
放在床头。纪临被惊醒，吓得几乎昏厥过去。

祝茜报警之后，事情得到了解决。但是纪临这次被吓得不轻，
精神状态一直不好，又生了病，她身边没有可信赖和依靠的人，这
个时候，最想见的人还是顾屿。即便他们之间不亲近，但血脉相连，
这是本能驱使。

车子在夜路上前行，车窗上忽然有透明的水珠一滴滴地覆盖，
蜿蜒流下。源城气候宜人，四季如春，夏季也较其他城市凉爽，夜
里渐渐下起了雨。

顾屿忽然想起米沉，今晚不知道沥淮有没有降温。

"到了……"祝茜打断了顾屿的思绪。

别墅里的灯全部开着，纪临窝在二楼最里面的房间，顾屿敲了
许久的门，她才来开。

纪临披头散发，穿着一套纯白的睡衣，素颜的脸上挂着浓重的

黑眼圈，整个人越发显得憔悴苍白。

她看着门外不知不觉中已经比她高出一个头的儿子，扑了过去。

顾屿在她背上安抚地拍了两下："没事了。"

"什么时候来的？"纪临问。有顾屿在，她战战兢兢的情绪总算有所缓和，祝茜在旁边看着也松了口气。

"刚刚从机场过来。"顾屿说，"明天去医院检查。"

纪临倒也没立即反对，只是询问："你不回沥淮了？"

顾屿还没回答，她又抢先说："先别回去好不好？我最近一个人待着，心里老是疑神疑鬼，屋子里多一个人就好了。"

顾屿瞥了她一眼："我看你现在的状态也挺好。"

纪临耍起了小性子："你要是不留下来，我明天就不去医院了。"

"随便你。"

"我到底是不是你妈？"

纪临大声诘问，那怒火不知是怎么烧起来的，忽然就神经质地开始较真，波动的情绪一点就燃。

她拼命砸东西，桌上的花瓶、躺椅上的杂志、门角的雨伞，无一幸免，还有白色的药丸滚了满地。

祝茜似乎见惯了这场面，已经见怪不怪。顾屿始终沉默地站着，等纪临闹过一阵，平静地忍受这场狂风骤雨，祝茜在他耳边小声劝慰："你让着她，她现在情绪不稳定，不要生她的气。"

等纪临终于虚脱了，没了力气，瘫坐下来，房间也恢复了寂静。

"纪女士，"顾屿终于忍不住叹气，因为路途奔波脸上出现了一丝倦意，他揉了揉额头，"你也知道你是一个母亲吗？既然这样，那就别再任性了。"

纪临一脸错愕，有些慌乱，浮现出歉疚的神色，一时之间手足无措不知该说点儿什么。

顾屿拎起脚边的书包，终究还是心软："明天早上我陪你去趟医院，等你的情况稳定下来，我再回沥淮。"

他对祝茜说："我手机在机场被偷了，麻烦你帮我联系沥淮一中的老师为我请假。"

祝茜点点头说："放心，当初你的入学手续就是我办的，我有那边的联系方式，会安排妥当的。"

顾屿望了墙壁上的石英钟，已经到了凌晨，他把祝茜打发回去休息，自己去找扫帚打扫干净房间，把那些玻璃碎片收拾干净。等彻底忙完，外面的天空微微有了亮色，树梢上传来鸟鸣声。

纪临在主卧里不安稳地睡着了，顾屿替她把房门关上，放轻脚步下楼梯，只觉得很累，好像跑了一场看不见尽头的马拉松。快速冲了个澡，定好闹铃，他躺倒在客厅的沙发上闭上眼睛休息。

父母和子女之间有时候说不清是谁欠谁的，来一趟人间，始终逃脱不了的羁绊。只是有的人幸运，阖家欢喜，到了他这里，比寻常人家缺了一点儿圆满。

三个小时后，闹钟响起来。

顾屿睡眠浅，才响了一声就被吵醒，接下来他有很多事要做，趁着太阳还不算毒辣，光是带纪临去看心理医生就得耗费不少心神。兴许是因为太累又没有休息好，他也发起了高烧，吊了两瓶水情况也不见好转，大脑昏沉间，他恍惚间又想起在沥淮度过的那些日子。

无力再多想，药里面有催眠的成分，最终沉沉入睡。

他不知道，他在源城昏天暗地，沥淮那边也不太平。

他不知道，自己错过了什么。

祝茜去沥淮一中找校长，不是帮顾屿请假，而是办理退学手续。这是纪临授意，从一开始就计划好了的。

纪临铁了心要把顾屿留在源城生活。

祝茜去高三4班顾屿的座位上整理东西，能收拾好的都带走，利利索索的，免得到时候顾屿自己还要过来一趟。祝茜发现，全班五六十个人，除了顾屿的座位空着，他旁边的位置上也没人，于是多嘴问了一句前后桌的同学："顾屿没有同桌吗？"

"他同桌是米沉……"戴眼镜的女生说到一半，忽然噤声，像是忌讳。

　　旁边另一个声音接话道："米沉爸爸贪污被抓了，之后她就没来学校上课了。"

　　还有人提及："顾屿平常和米沉走得最近啦，要是别人跟他说话，他都一副爱答不理的样子……"

　　教室里议论的声音渐渐多起来，祝茜听了个大概，抱着顾屿的一袋子课本和杂物走出去。她路过学校门口的报刊亭，看到当地的早报，买了一份，头版头条报道的就是关于齐仁医院院长的事。

　　回到源城之后，祝茜看看那对母子，一个刚摔了杯子，一个还在吃退烧药，她决定什么也不说，权当自己什么也不知道。

　　顾屿这几天都被蒙在鼓里，困在医院，还得忙着跟纪临的心理医生交流，估计还能被蒙上一阵子。

　　祝茜想想顾屿来了之后，纪临的状态有所好转，更加不敢让顾屿生出半点儿意外来。如果顾屿因为点儿小事再跑去沥淮，可不得了。

　　在老江湖祝茜看来，同学间那点儿情谊，又能算得了什么。年纪尚小，那点儿暧昧的情愫，更加当不了真。

　　现在或许还执着，时间稍久，过后便忘了。

02.

　　在祝茜看来，顾屿很快便会忘了的那位同桌。米沉从手术室里被推出来后昏迷很久，刚刚才醒。她醒后，外面已经天翻地覆，一切成为定局。

守在她病床旁边的是宋稚子。

米沉睁开眼睛，呆呆的，还以为自己在学校宿舍。她刚想动一动，翻个身，浑身剧烈疼痛起来，瞬息之间侵袭她的神经末梢。

她忽然就清醒过来，抓住在床边打瞌睡的宋稚子的肩膀问："我爸呢？我妈呢？黎岸舟呢？"

她要问的太多，一时间又不知该怎么问，一脸焦急。

"小心你的脚！"

宋稚子起身按住她，难过又心疼，用最简单的陈述句告知她情况："叔叔被抓了，阿姨好在一直在忙着找关系，还不知道你出事了。是黎岸舟把你送到医院来的，他当时通知了我，你手术结束之后，他就走了……"

那个晚上，发生了太多的事情。

米沉以为拦住黎岸舟就可以避免一切发生，但是她不知道周式微才是源头。

米沉故意撞车可以暂时牵绊住黎岸舟，可周式微不会心软，她当晚亲自从黎岸舟手中抢过录音，去了警察局。米原国连夜被捕，杜小清至今仍在打探情况。

但是没有用了，已成定局，杜小清无力回天。

米沉听宋稚子说完，反倒沉寂下来。她是有心理准备的，不至于不能接受，但也做不到立即接受。

她没有死，她也没能够代替米原国还清黎家的债。

宋稚子说："你出了事，我没敢跑去跟杜阿姨说，她现在因为叔叔怕要急疯了……你不会怪我吧？"

米沉缓慢地摇了摇头："怎么会，你做得很好。我妈要是知道了才叫糟糕，这么多事碰到一起，我怕她崩溃。"

"谢谢。"米沉说。这几天，她全靠宋稚子照顾着。

宋稚子笑了笑："我爸就一个暴发户，除了有钱没别的，他只有我一个女儿，他的钱就是我的钱，所以我有钱供你住最好的 VIP 病房，别怕。"

米沉笑不出来，象征性地扯动了一下嘴角，牵扯到伤口，又疼了起来。

米原国开庭受审，是在一个多云的周日。

米沉勉强从床上坐起来，坐上了轮椅，宋稚子推着她去法院。她全身上下伤得最严重的还是双腿，伤筋动骨好得慢，其他地方的小伤口，倒是逐渐在愈合。

宋稚子把米沉推到法院门前的长椅旁边，只不过去对面的小商店里买瓶水的工夫，杜小清也到了。

她从一辆车上下来，仿佛苍老了许多岁。她看见米沉，径直走了过去，眼睛蓦地通红。

"妈……"

杜小清扬手，不由分说，"啪"一巴掌打在米沉的脸上。

这一下用足了力道，米沉的脸被打得狠狠偏向了一边，头晕目眩，半晌回不过神来。半边脸颊上留下五根手指印，她肤色白，红痕越发触目惊心。

"你爸出事，你连个人影都看不见。平日里我只当你任性贪玩，这会儿总算看清，养的终归不如亲的好！"

杜小清气急之下的一顿责骂，把米沉刺得心脏都痉挛了。她颤抖着声音，一字一顿地问："什么叫，养的不如亲的好？"

"意思就是你不是我和你爸亲生的。我当年怀不上孩子，你爸觉得你眉眼跟我相像，就从孤儿院把你抱回来养了！"

对面街的宋稚子吓得手里的矿泉水瓶都掉了。宋稚子急忙跑过来，一把拉住杜小清，跟她解释米沉出车祸的事，怕家长担心才瞒着。

杜小清从车上下来，一时被怒火冲昏了头，看见米沉，也没注意到那么多。这会儿，该说的不该说的全说了，一切都捅破了。

杜小清一脸尴尬，说出去的话如覆水难收。

　　米沉缄默不语，领口中露出的一段颈脖雪白消瘦，仿佛一折就断，阳光之下，给人一种不堪重负的错觉。

　　她望着台阶上高大威严的建筑，一开口，声音沙哑："该进去了。"

　　可是她自己却没进去。

　　米沉到底还是没有勇气看着她最依赖最亲近的那个人接受残酷的审判，看他在无数媒体的镜头下被渲染成十恶不赦的罪人。她守在外面，不再奢求有奇迹。

　　米原国在工程建设、医疗器械和药品试剂采购、人事任命和职称评定等方面牟取非法利益，受贿资金上亿。

　　开庭受审的结果已经不言而喻。

　　之后，米沉隔着铁窗见了米原国一次，那是最后一次。头发一夜花白的男人望着女儿，大悲大恸，仍不忘露出点儿安慰宠溺的笑来给她，眼角全是皱纹。

　　他一笑，米沉就哭了。

　　"我说过了，让你不要做院长了，我会赶紧长大，赚钱养家……我说过了，我也可以养你们……为什么不相信我？爸爸……可我到现在才知道，原来你不是我爸爸……如果你不是，那我又该怎么办？"

　　她扒着铁栏杆，站不起来，噙着泪的眼睛死死地盯着米原国，在等他亲口否认这个事实。

维持站立的姿势万分痛苦，但她仿佛毫无知觉，感受不到痛苦。

可是最后，米原国默认了，他只是含着无限歉意地说："沉沉，是爸爸对不起你。"

米沉不想听对不起，黎岸舟跟她说对不起，米原国跟她说对不起，说过以后，就是天崩地裂，难以转圜。

十几年光阴，从小到大，指引她走路说话的人，从幼儿园开始就担心她会不会受欺负的人，跟在她屁股后面帮她收拾烂摊子的人，关心她冷暖的人，总会担心她钱够不够用的人，永远站在她身后的人……

以后还会在吗？

米沉不知道。

她想起有一次散步，路上碰见顾屿，同他走回西池小街 16 号。到了门前，院子里黑漆漆的，没有一盏灯亮起，冷清空荡，顾屿只能一路摸黑进屋。米沉当时觉得他可怜，像一个没有家的人。

而现在，她忽然明白了那是一种什么样的感觉。

米沉之后，轮到杜小清过来探监。

米原国对杜小清说："我这一辈子恐怕就这样完了，我们离婚吧，你改嫁，这样我才安心。"

他顿了顿，又说："小清，我不能拖累你，不要让我放心不下。"

杜小清捂着嘴哭："你就不怕我以后所嫁非人，受人欺负？"

米原国笑笑说："我相信你一贯的眼光。不然你当初怎么会看上我？"

杜小清想，我这辈子嫁给过你，哪还能找到比你更好的人。可她只是等眼睛里的泪慢慢消失，然后笑着点头答应："好，我改嫁，你放心，在里面好好的。"

米原国说："以后等你扯了新的结婚证，记得拿给我看看。"

杜小清牙都快咬碎了："你不信我？"

米原国说："亲眼见了，比较放心。"

天边的夕阳就快要落下去，橘红色的万丈光芒从天际洒落，漏了那么一丝半缕，从高高的窗口透进来。米原国多看了两眼，有些愣怔，探监时间也已经结束了。

米原国和杜小清的离婚手续办妥之后不久，杜小清果然拿着一张崭新的结婚证，托人送进去给米原国看，好叫他放心。之后从狱中传来米原国自杀的消息，他答应过杜小清会在里面好好活下去，只是骗她的，叫她改嫁，是为了让自己好走得稍微安心一些。

而杜小清也骗了他，那张结婚证，不过是花十几块钱买来的假证。若是米原国仔细检查，必定能看出端倪，再往深里想想，也会猜疑，杜小清如何能在这样短的时间寻得新的伴侣。只是米原国没有怀疑，他在牢里担惊受怕，没有心思再深究。

又或许说，他知道杜小清在骗他，只是一心求死，这样的人是怎么也留不住的。

在他看来，杜小清那样好，日后还有大把大把的时光，总该够她重新找个知心人。

杜小清走的那天，米沉已经可以撑着拐杖走路，只不过一瘸一拐，脚步很慢。

她拦了辆出租车去机场，紧赶慢赶，还是晚了一步，连背影都没有见上，杜小清就带着米原国的骨灰走了，只有她是被留下来的那个。

米原国生前是个颇有浪漫情怀的男人，想过要偕妻子去很多地方，可惜总会因为工作而成为泡影。想不到最后，反而是由杜小清领着他，去看漠河的北极光，去看澳大利亚的极乐岛。

他们的世界，米沉插不进去。

杜小清打了一笔钱在她卡上，高三的人了，一个人独立生活总不在话下。可米沉觉得，杜小清这一走，不知道什么时候会回来，什么时候再见面。以后她叫一声爸妈，不会再有人应她。

好像她再也没有家了。

这一阵子，米沉流的眼泪很多，仿佛她把以前积攒的，都留到了现在。

从机场回来的路上，她坐在马路边的台阶上哭得天昏地暗，捂着眼睛，眼泪全从指缝里渗出来，好像掩耳盗铃。

她蓬头垢面的，头发被风吹得凌乱。为了追杜小清，连鞋子也穿反了，看上去，跟丢了父母的幼童差不多。

渐渐地，从她面前路过的行人扔了几个硬币在她脚下，慢慢又有几张面额不等的纸币，也掺了进来。

她被当成了街边乞讨者。

果然没了爹娘的孩子不如狗尾巴草，人家看着都可怜。

后来米沉哭累了，靠在台阶上休息，跑过来一个陌生的、穿工作服的大叔跟她说话："小姑娘，你好手好脚的，这么点儿年纪就出来讨钱也不像话，自己动手，丰衣足食。"大叔没有看见米沉身后的拐杖，热心地劝她，"这样，我雇你跑半天腿，穿上玩偶服在广场附近发一发传单就好了，我给你一百块。"

"行不行？"

米沉眼睛通红，愣怔又迷惘地望着前方，没说话表态。大叔还以为她答应了，拿过来一套哆啦A梦的玩偶服，十分放心地走了。

那天中午，沥淮中心广场上，出现了一个挂着拐杖的哆啦A梦。

在一批皮卡丘、一休哥、龙虾、海豹、八爪鱼中，那个蓝色的、笨拙的、走起路来一瘸一拐的蓝胖子，有些引人注目。

米沉撑着拐杖走一段路，就歇一歇，坐着给人发传单。过一会儿，再换个地点。米沉麻木又机械地做着这件事，她恍恍惚惚地想，一个人的日子要怎么过下去。

那背影颤颤巍巍的，又拄着拐杖，不知情的人还以为玩偶服底下是个七老八十的爷爷。

黎岸舟穿着一身黑，胸前佩戴着一朵白花，从广场边上路过，望着那个胖乎乎又笨拙的卡通身影。他刚从周式微的葬礼回来，身边有几个远亲陪同。

周式微在前两天去世，自从米原国落网，事情尘埃落定之后，她的所有力气也已经耗尽了。头一天晚上疼得打滚，医生半夜给她打了止痛针，以为她终于睡着，第二天发现她的身体没有了温度。

上一辈的恩怨就此落幕。

只是到了他们这下一辈，也惨淡地结束。

黎岸舟走到哆啦A梦旁边，红肿的眼睛，如雾色苍白的唇，少年的侧脸在时光和世事的打磨中消瘦，有了凌厉深邃的弧度。

人群拥挤，他的肩膀不小心撞到了哆啦A梦，压低声音说了一句抱歉。

哆啦A梦艰难地仰头，看着面前高出自己许多的少年，她以前的小小玩伴，如今变成见面不识的陌生人。

她始终没有发出任何声音，拄着拐杖，从他身旁经过。

黎岸舟浑然不觉，十七岁的他满怀心事地走远。

03.

"沉沉，你累不累呀？"

宋稚子逮住米沉，拦在哆啦A梦面前。她以前煽情地宣称自己闭着眼睛也能认出米沉，果然不是吹牛。

她来这边的书店买新一批的习题和试卷，隔着人群，远远看着，单凭一副拐杖，就能把米沉揪出来。

"除了你，还有谁这么不安分，腿瘸了还四处乱窜。"宋稚子嘴上抱怨着，一边帮米沉把头套取下来，一边帮她整理头发。

怎么说那种感觉呢？心疼，还有点儿别的什么，面对着她，整颗心都是酸软的。

于是她忍不住就唠叨起来："伤筋动骨一百天，你要是不注意，以后有你好受的，我都不想再陪你去医院了……就不能好好待在家里嘛，学校的假也应该销了，早点儿回去上课，高三学习负担重，你看你都耽误多久了……"

米沉说："宋稚子同学，你话越来越多了。口干不干？我请你喝东西。"

米沉领了一百块钱的工资，请宋稚子喝奶茶。

米沉出了满头的汗，细软的长发粘着脖子，手臂上的青色筋脉在透白的皮肤下若隐若现，睫毛颤抖时好像燕尾蝶的翼。

从什么时候起，宋稚子开始觉得米沉也会这样脆弱。

大概是车祸那晚，宋稚子接到黎岸舟的电话，赶去医院，看见米沉昏迷不醒地躺在担架上，血染红了身下的床单，安静乖巧得如沉睡的婴儿，怎么叫都叫不醒。

"沉沉，车祸的事，你怪黎岸舟吗？"

身边人声鼎沸，她们找了店里二楼安静一点儿的角落坐下。桌上的向日葵开得灿烂，朝气蓬勃，凑过去仔细看，其实是盆纸浆做的假花。

米沉想了想，摇头说："我这算哪门子的车祸，自己掐着时间撞上去的。"她语气平淡，"要怪只能怪自己。"

"你当时有没有考虑过后果？"宋稚子心有余悸。

"那种情况下，来不及多想，只觉得要是可以拦下黎岸舟就好了。"米沉吸了一口橙汁，嘴巴里不知道为什么会有苦涩的味道，"在医院里醒过来才后怕，"她脸上有了点儿飘浮的笑意，"要是断手断脚，被截肢了，落得终生残疾，还不如直接撞死了好……"

她不动声色地说着，宋稚子听得心惊胆战。

"呸呸呸！赶紧呸三下！"

见宋稚子郑重其事又不肯罢休的模样，米沉无奈，只好照做。

后面的话题，转到了最近热播的电影电视剧上。宋稚子聊明星八卦，米沉前所未有地配合和纵容。两人和店里其他十六七岁的小姑娘一样，聊到某个喜欢的明星，脸上都是花痴又甜蜜的笑容。

最后从奶茶店离开，宋稚子估算了下时间，说："你下周就来学校上课，我到时候来接你？"话里小心翼翼，征求米沉的意见。

米沉倒没有考虑多久，点了一下头，轻轻松松地说："好。"

"沉沉，我一定要好好考个大学，然后……"宋稚子脑海里浮现出黎岸舟的影子，她晃了晃脑袋，笑容软软的，有些倔强。"然后，在大学里好好谈一场恋爱。"

米沉沉默地站在她身边，宋稚子又说："但我不会忘记你的，就算我交十个男朋友，最担心的那个人还是你。"

米沉笑了，摸摸她头发："十个？你胃口不小。"

宋稚子这才感觉到有点儿不好意思，道别之前再三确认："周一来接你？"

米沉依旧点头："好。"

最后再煽情一次，拥抱一下。

日后宋稚子回忆起那天的场景，总会有无尽的憾恨。如果她再细心一点儿，或许就会发现米沉的异样，米沉若无其事地跟她聊天，配合她笑，好像所有伤痕都已痊愈，过于平静。

宋稚子没有发现，平静之下藏着死寂。

还有那个带着离别意味的拥抱，那么不对劲，宋稚子觉得，早该有所察觉才对。

但，一切都来不及了。

米沉斩断了一切联系方式，谁也找不到她。

周一时，宋稚子没有接到米沉去学校上课。4班教室里的那两个座位，照旧空着。属于顾屿的那一张课桌，上面的东西已经被清理干净，而旁边的，已经落了一层厚厚的粉笔灰。

米沉消失在了沥淮这片土地上，悄无声息。

04.

高三4班的同学，谁也没有想到，顾屿还会再回来。

这一次，他好像和以往又有点儿不同了。那种感觉，没人说得上来，仿佛他又回复到了当初刚转学过来时的沉郁。

抑或是，更加阴骛。

　　他一个人坐在原来的位置上，旁边的课桌永远空着。奇怪的是，每次老师换座位，他总是不在调动范围之内。也难怪，成绩出色、长相出众的男生，只是在座位上有点儿偏执，这又有什么不能满足的。

　　说到成绩，以前米沉在的时候，150 分的语文试卷，顾屿的成绩总是在 100 分上下起伏。米沉走了，他反倒连语文的单科成绩也稳步上升了，变得十分拔尖优秀。优秀得，仿佛活成了她的模样。

　　听说，有人看见他去找理科班的黎岸舟打过一架，两个男生约在体育馆后面的那片树林里，不知道是谁先动的手。

　　拳头你来我往，场面十分激烈，惊跑了那天傍晚归巢的鸟。

　　最后那场对峙的结果，已经不得而知，无法追溯。

　　高考之后，成绩公布出来，顾屿的名字出现在榜首。有人说他考取了首都的知名大学，也有人说他出了国，众说纷纭，而他却早已经下落不明。只剩下顾屿这个名字，被抹上了各种斑斓的颜色，常被旁人提及。

　　后来，这些都变成了小小的传说，连同学校前身是一片坟场的这种谣言，在一届又一届的学生当中流传下去。

第九章

回忆若能下酒，
想你便是一场大醉

01.

四年后。源城。

初秋的天气开始转凉，米沉率先穿上了针织长外套，混在一群穿短袖的孩子中间。一到下雨天，膝盖就隐隐作痛。但这家辅导培训机构里的不成文规定，要求老师必须站着上课，不能偷懒。

她拿着教案，身体倾斜，微微倚靠着讲台缓解疼痛。

"《童趣》沈复。余忆童稚时，能张目对日，明察秋毫，见藐小之物必细察其纹理，故时有物外之趣……作者沈复追忆自己的童年生活，字里行间反映的都是儿童丰富的想象力，和天真烂漫的童趣。

下面我们来逐字逐句地翻译和分析一下……"

好不容易挨到铃声响起。

"老师再见！"孩子们一窝蜂地冲出去。

教室空了，剩下米沉一个人，坐在凳子上缓了半天，才站起来收拾东西。

时间还很充裕，正午十二点。

她可以去街边吃个午餐，再搭半个小时的公交车去剧组，赶在三点之前到就好了。

米沉现在的身份很多，主要在这家叫育才的培训机构里当语文老师，教一教小学生和初中生，常常是晚上和周末上课。托房东太太的关系，偶尔会有一些机会，去剧组当当临时演员，报酬不错，且没有难度，大多时候只需要扮个路人来回走两圈。

一连好几天都在下雨，空气里都泛着潮，公交车的玻璃窗上氤氲了一层水雾。周末人多，又挤又闷，米沉忍着恶心感，强撑着到了目的地。

玉田这一带，较完整地保留着明清时期的古建筑，后来又加以修缮和扩建，发展成一个影视拍摄基地，不少剧组都会来这边拍摄。

"米沉，这边！"

沈泾渭撑着雨伞站在入口处喊她。

米沉忍着腿上的酸痛，一路小跑过去，跟人打招呼："沈导好。"

沈泾渭是米沉房东的儿子，担任剧组的副导演，米沉能工作也全托他的福。他身形很高，比较具有辨识度的是一对招风耳，耳郭较大，向外侧突，显得有点儿呆萌，完全看不出已经三十多岁，和米沉站在一起像是同龄人。

"今天下雨，条件可能会有点儿艰苦，克服一下。"沈泾渭看着米沉，他对她一向照顾有加。

米沉倒不在意："没问题，放心放心。"

今天米沉照样演路人甲，不过身上穿的是乞丐装。一件粗布褂子，套在身上还有股潮湿的霉味，但忍忍就过去了。忍字诀，大概是这几年来，米沉学得最好的。

她连妆也不用化，但得在脸上抹几道乌黑的印子，自己披散头发，乱七八糟抓一通，揉成鸟窝。

导演说，只要看不出本来的样子就对了。

米沉对着镜子照一照，觉得自己现在这样儿，虽然演的是乞丐，但说是疯婆子也不为过。想一想，她还真敬业。

泥巴路，天上落雨，地上泥泞。

米沉走了一圈，沾了一裤脚的泥巴，沉甸甸的，小腿肚一片冰凉。

她身体本就有些不舒服，脸色泛白，被乱蓬蓬的头发遮住，却丝毫看不出来。

上一场已经演完，等几十分钟后，还要入一次镜。

沈泾渭拿着保温杯过来，递给米沉："里面是热姜茶，你喝一点儿，对身体好。"招风耳的耳朵尖微微泛红，"隔壁是《泣情》剧组，有几个影帝影后级别的人物在，你要是觉得无聊也可以去看看，应该会很精彩，我们这边的都还是新人，演技不如人家的好。"

他这一番话说得恳切又客观，完全是站在米沉的角度，替她考虑。

米沉来当临时演员不过因为钱，从没想过以后往娱乐圈发展，但沈泾渭是好意，她也确实闲着，就端着姜茶蹭去了隔壁。

按理来说，她一副乞丐相应该会被人轰走。但玉田影视城这边，最常见的就是各种打扮的演员，她站在外围看戏，竟也没人来赶她。

刚好遇上《泣情》最后一场戏杀青。

《泣情》是由小说改编的，米沉看过原著，当时被里面的剧情吸引，有些情节至今仍印象深刻。

连绵的秋雨中，纪临饰演的是一个历经两朝更替、掌握天下经济命脉的盐商，从豆蔻到耄耋之年，始终只倾心于一个人，一生未嫁。她老了坐在屋檐下一个人孤零零地吟诗："当时年少春衫薄。骑马倚斜桥，满楼红袖招。"心里想的装着的是她那死在异乡的少年郎。

师父说："你惦念的不过是你心中的一个影子罢了，得不到，才满心记挂。"

盐商摇头，不赞同。

师父说："倘若他还在世，老了、瞎了、瘸了、聋了，成了废人一个，你还会爱他一如往昔？"

盐商执迷不悟地点头。

师父无奈地问她："你为何还痴心不改？"

盐商说："我本薄幸，奈何遇见他，便一生钟情。"

纪临的演技好得没话说，她天生是干这一行的，连眼神都带戏，米沉跟现场不少人一样，被她震撼到了。

米沉喝了一口姜茶，看时间差不多了，又要跑回隔壁给人当背景板。

她在路上被石子绊了一下，差点儿摔一跤，人稳住了，手里的保温杯掉到地上，她蹲下去捡，抬头却遇见一个人。

有多久没见了？

记忆中那个总是穿着朴素不修边幅的少年，沉默疏远，不合群，四周好像裹着一团浓浓的白雾，身上藏了万千秘密。后来米沉一点一点靠近了，跟他混熟了，却越发觉得他像一个不解的谜。

"顾屿，你是不是从外星来的？"

"好好做你的题。"

"开普勒星？还是冥王星？还是北斗七星？"

这样的中二问题，总惹来他一脸的无可奈何和温凉的眼神。她就像恶作剧得逞一样，枕着手臂趴在桌子上哈哈大笑。

那个时候，好像从来可以不用任何缘由，就能开心起来。

等中午食堂的一餐饭，等放学的铃声，等月考后的排名榜，等校园会和元旦文艺会演，等暑假、寒假和各种法定假，等某人的一句约定、一个回眸……时间过得那样快。

那段岁月，已经过去多久了？

米沉握着保温杯的手柄，一瞬间愣着，忘了站起来。

她透过自己一头乱糟糟的耷拉着的头发，看着顾屿那张熟悉又陌生的脸，仰望的角度，显得他别样远，自己别样卑微。

好在他们之间隔着一条走道，他站在对面的假山旁讲电话，不会注意到她。但估计，即便注意到了，也看不清她的模样。

米沉看看自己的一身打扮，邋遢的乞丐，扔进人堆里亲娘都认不出来。

反观顾屿，他的容貌其实没有多大改变，站在阴霾的天空下，穿着黑色的休闲毛衣，反衬得肤色白皙，骨架匀称修长，依旧是看一眼就足够让人记住的存在。

只不过人长大一点儿，锋芒内敛。

剩下的半杯姜茶洒了出来，一滴不剩了，全沾到长裙的下摆上，有股涩涩的辛辣味道，混着道具服上本来就不太好闻的气味，米沉只觉那股恶心的感觉又冒出来。

果然乞丐不是随随便便能当的。

忽然一个瞬间，她想起小时候的那次出游，在天桥遇见的小乞丐，干净乖巧，是她看到过的最不像乞丐的乞丐。旁边有个瞎子爷爷在拉二胡，唱《思凡》——借问灵山多少路，有十万八千有余零。可惜没有杜小清常去的那家剧院里的人唱得好听。

她当时凑到小乞丐面前看了许久，把自己所有的零食全给了他。

晚上回了宾馆，她还忍不住问米原国，外面下雨了，小乞丐住哪里？睡在天桥下面吗？可是天桥底下涨水怎么办？他来不及跑，会不会淹死？

她忧心忡忡，真是操碎了心。

连带着米原国也被烦了一宿，很晚才睡着。

那些天真的被忘却的记忆，骤然之间如同潮水席卷而来。原来不是她忘了，只是缺少这样一个契机想起来。

如今他们两人的身份掉换了，却惊人相似。

缘分已经于很早以前开始，不死不休。

02.

"看什么呢？"

祝茜出来接顾屿，就看到他望着一处出神。

顾屿想起刚刚看见的乞丐的背影，快步走路的样子，让他恍然间想起那个人。但这种猜想，很快便被自己否定。

怎么可能会是她？

"没什么。"顾屿收回目光。

"临姐的最后一场戏已经杀青了，现在正在保姆车里等你呢。你们也好久没见了，她最近总念叨你，知道你回国，高兴得不得了……"

祝茜话还没说完，顾屿侧身，越过她往前走，留下她一脸尴尬地站在原地。

四年前，顾屿麻烦祝茜请假，她却直接代他办理了退学手续，把当事人蒙在鼓里。后来顾屿知晓真相，对祝茜和纪临都心存芥蒂，几年来一直如此。

他讨厌一个人的时候，连掩饰都不会，不耐的神色明明白白地写在脸上。

祝茜只觉压力山大，被帅哥讨厌的滋味不怎么好受，想想当初米沉的事，更加心虚，连忙在后面跟了上去。

　　纪临才刚卸完妆，换好了衣服，坐在车里休息。光线被调得柔和不刺眼，宽敞的空间里点着舒缓疲劳的熏香。她还是美得叫人惊艳，岁月流逝却没在她脸上留下痕迹，仿佛活在真空世界里。

　　车门被拉开，顾屿坐了上去。

　　纪临睁开眼睛，唇边挂着笑："怎么不叫人？"

　　"纪女士。"顾屿神色淡淡。

　　"你到底是从什么时候开始，就不再喊我妈妈了？"纪临翻起了陈年旧账，忽然对这个问题很感兴趣，想要追究到底。

　　"你找我过来就是为了问这事？"

　　"当然不是，待会儿有惊喜。"

　　事实证明，纪临口中的惊喜，着实把顾屿惊住了，却谈不上有多欢喜。

　　《泣情》剧组的杀青宴就摆在玉田附近的一家五星级宾馆里，剧组出资包下整个后花园，俨然一场大规模的酒会。纪临作为女主角，自然备受瞩目，顾屿原本不愿意随她进场，但是为了不让她落单，也随她一起去了。

　　原本不过是想以一个普通后辈的身份出席，他不是娱乐圈里的人，随纪临露这一次面，也不会掀起多大的风浪。

但纪临却出乎意料地，当着在场所有人的面介绍顾屿的真实身份："他是我儿子。"这话一说出口，瞬间就掀起惊涛骇浪。

"咔嚓咔嚓"，闪光灯此起彼伏地亮起来，顾屿位于声浪的中央，他比在场的每一个人都要平静，平静得近乎冷漠。

明灭的光线中，仿佛只有他才是那个置身事外的人。

人群中逐渐有人认出他的另一重身份，半年前，他登上过海外一本财经杂志的封面，原因是他开发出一款非常具有前景的社交软件 Reunion。

各种议论的声音越来越多。

"我先走了。"顾屿说。

纪临脸上骄傲自豪的神色，霎时没撑住，差点儿瓦解。她放下手中的红酒杯，小声耳语："不开心吗？我还以为你会喜欢这个结果，你小时候最喜欢听我向别人承认，你是我儿子。"

她眼睛里映着斑斓流转的灯光，笑意盈盈，有种残忍的天真。

顾屿不轻不重地拂开她的手："纪女士，你作为一个母亲，还是一如既往的自私。"

纪临的笑容彻底垮下来。

演过那么多场戏，那么多角色，却还是没能学会如何扮演母亲这个角色，这简直是对她最大的否定。

人在每个年龄段所追求的东西是有所不同的。

纪临以前想当影后，想当舞台上最璀璨的星辰，一年一年过去，年纪越大，逐渐开始贪恋以前并不看重的亲情。一身荣光，到最后她能剩下些什么呢？总有一天容颜会老去，她会演不了戏，会失去曾经的掌声和关注，会退出众人的视线，到最后陪在她身边的还是家人。

纪临不得不承认，从某种层面来说，她老了。从四年前她想要顾屿回源城开始，就已经慢慢地意识到，她一生所求的功名利禄，太过虚妄，最后到头来，不过想要拾起一点儿温情。

但每个人的心境都在发生改变。

她如此，顾屿又何尝不是，他早就不再是那个期盼那一点儿温情过活的孩子。

顾屿从酒店出来，手机振动，他接到了罗勒的电话。

那头气氛很嗨，音乐声震耳欲聋，罗勒扯着嗓子在喊："你这次既然回来了，要不要聚一聚？"

有谁会想到，从沥淮一中毕业之后，大家该散的不该散的都散了，唯一还和顾屿保持联系的人，竟然会是曾经的老班长罗勒。

他和顾屿后来还会产生交集，是因为都对计算机行业感兴趣。

罗勒也在源城读大学，遇见顾屿创业，慢慢接触了解，才发现他在几年前就已经在钻研。罗勒折服，心甘情愿做了小弟，加入顾屿的队伍。

两人性格互补，在工作上配合默契，自然而然成了很好的朋友。

电话还没挂断，罗勒满嘴跑火车，想哄着这尊大神过去喝酒。

要是换作以往，顾屿铁定直接拒绝了。但现在他的心情就像源城入秋以来的阴霾天，没有立即表态。

罗勒再添了一把火："米沉有消息了，虽然不知道是真是假，你要不要听？"

那点儿迟疑如同云雾散去，连犹豫也不再有，顾屿说："好，我马上过来。"

03.

房东太太今天生日，沈泾渭原本说好要回去给母亲庆生，跟米沉顺路，让她在剧组等他一起回去，两人半路上可以去挑礼物。

米沉等到天黑，但沈泾渭突然和电影投资商那边有个推不了的饭局。他站在米沉面前解释原因，说抱歉的时候简直就像是一个小孩子做了错事，忐忑而内疚，和工作时认真的状态，完全是两副截然不同的样子，让米沉忍俊不禁。

"没关系，你去赴饭局，我自己搭公交车回去就好了。"米沉说。

米沉打电话跟房东说明情况的时候，对方果然中气十足地把自己儿子大骂了一顿。

房东一大把年纪了，但很潮，还追星，是影后纪临的脑残粉。米沉当下抓住了要害，说："我今天在隔壁剧组看见纪临在拍戏，听说他们剧组今天还会有庆功宴，我去酒店外面守着，帮您要签名吧。麻烦她写个生日快乐的特签，您就别不开心了……"

米沉当年也是特别能闹腾的人，鬼主意多，要论哄人和得罪人，都是一把好手，就看她上不上心了。

在玉田这边，四处都是娱乐圈里的人，米沉稍加打听，就问清楚了《泣情》剧组摆庆功宴的酒店地址。

米沉混进场，发现气氛有点儿不对劲。

原本她以为里面会是一片欢声笑语的场景，如涨潮时海水冲刷海滩时的热闹喧哗，而实际上，气氛远没有那么好，不少人正在窃窃私语，在议论着什么，耳朵敏感地捕捉到"私生子"这样的字眼。

米沉不明所以。

纪临是个发光体，米沉在场上望了一圈，却没看见她的身影。

难道纪临没有参加庆功宴？

米沉几乎要失望而归，又按从后花园的原路溜回去时，不知道为什么四周多了不少维持秩序的保安。因为一刻钟前，纪临公开承认私生子的事情已经悄悄流传出去，大批记者闻风而至，一窝蜂似的拥来，把后花园堵得水泄不通。

米沉得另找出口，从前厅出去。

她不认识路，在酒店内瞎转，意外地路过厨房，反倒有了意外的惊喜。

踏破铁鞋无觅处，得来全不费工夫，纪临竟然在五星级酒店的厨房里挽着袖子准备料理。明艳的五官，被一点儿烟火气缭绕着，米沉差点儿没认出来。

纪临最后往锅里加入了少许花雕酒，把火调小，酱香排骨煮至收汁。放在一旁的手机响起来，她擦干净手，看见站在门外边的米沉，想都没想就说："过来帮我装盘，我去接个电话。"

祝茜去处理纪临刚才在杀青宴上搞出来的大新闻，忙得不可开交，跟纪临说了会派自己信任的小表妹来替她跑腿。

纪临第一时间先入为主，以为米沉就是祝茜的小表妹，再自然不过地指挥她："挤一点儿柠檬汁给菜调味。"

米沉沉默。

照做就是了，这样签名也不算白拿，纪临应该也会愿意给她一个特签。

结果纪临没给米沉这个机会，从外面接了电话回来，有条不紊地吩咐："你把我做好的几道菜打包好送过去，司机在外面等你，车就停在地下车库的入口，车牌号是……我现在去一趟星娱，你办完事情再通知祝茜，让她联系好律师，一起过来公司……"

米沉听她说完一大串："等一下，我不是……"

来不及解释一句，纪临就已经火急火燎地踩着细高跟鞋走了。

米沉看着眼前的几道菜肴，犹豫着到底要不要送。不食人间烟火的纪临，会为了什么样的人亲自下厨？

米沉也不由得好奇起来。

鬼使神差地，她还是拎着食盒去了地下车库。

车子平稳地在公路上行驶，二十来分钟后拐入一片高级住宅区，司机敬业地把米沉送到了一栋独立别墅前。房子占地面积不大，前院种满了茂密的月桂和槐树，隔着夜色望过去，仿佛坐落在一片参差不齐的小森林里。

米沉按下门铃，等了几分钟，里面毫无动静。

枝丫遮掩着，也看不太清房间里有没有亮灯，有没有人。她只好一遍一遍地、坚持不懈地戳门铃。

罗勒刚被连着灌了两瓶酒，打开窗户透透气，结果发现个有意思的事情，对面有个人在按顾屿家的门铃。

看那背影，长头发，是个女孩子。

罗勒乐了，回头冲里面喊："顾少爷，有人找你！"

有些人一旦喝了点儿酒，就变身话痨，管不住嘴，没事找揍，罗勒就是代表人物之一。

他满面红光，激动得不能自已，挤眉弄眼地问顾屿："这三更半夜的，和你关系可不一般吧？什么时候认识的？你才回国多久啊？这么快就有新情况了？也是，早该有这种觉悟了，老惦记着咱们班米沉干吗呀？旧的不去，新的不来，只见旧人笑，不闻新人哭……"

这都什么乱七八糟的。

顾屿坐在沙发上，膝盖上放着笔记本。罗勒骗他过来参加狐朋狗友的聚会，说有米沉的消息纯属瞎扯，他脸上没有表情，也叫人看不出生没生气，只是突然一个顺手，抄起茶几上的甜品扔了出去。

罗勒中招，糊了一脸的奶油。

屋内正在吃喝玩闹的人都哄笑起来。他们当中大部分与罗勒交情好，但对顾屿不熟悉，见他过来之后就单独坐着，生人勿近的样子。虽然有心结识，却没人敢去招惹他。

恰好罗勒又撞到枪口上了。

　　猝不及防被砸了，罗勒抹了一把脸，终于清醒一点儿。

　　再跑去窗口看，那长发姑娘还在，那股子戳门铃的执着劲儿让人动容，罗勒真心疼顾屿家的门铃。

　　罗勒这会儿学乖了，端端正正地坐到顾屿旁边，俨然像个人生导师，跟他讲道理："你不喜欢人家姑娘，也不要太绝情，大晚上的，人家老找你，你好歹出去露个面吧？"

　　顾屿一副"你是不是有病"的表情望着他。

　　罗勒急了："我真没骗你。你新家门口真的有个女的在按门铃，都按了老半天了。总不可能是女鬼吧！"

　　顾屿这才起身，走到窗台前去看。

　　铁门前，路灯下，清清瘦瘦的背影，很长又细软的头发铺满背脊，和他记忆中的人莫名契合。

　　顾屿不像罗勒迷糊，他没喝酒，觉得自己应该不会产生酒后的幻象，夜晚清冽的凉风，猛地往脸上一刮，没有丝毫醉意，所以也不会是他眼花。

　　人群中，你能不能凭一个背影认出一个人？

　　顾屿回头对罗勒说："我想跟自己打个赌。"

　　罗勒抓着头发，困惑地问："什么？"

　　"如果是她，我就旷工一个月，后续工作交给你撑着。"声音低缓，听不出端倪，只有搭在窗沿上的手紧绷着，泄露了一丝不太寻常的紧张，"如果不是她……"

却没有了下文。

罗勒听得懵懵懂懂，追问道："旷工一个月？你想干什么？"

顾屿已经走到门口，准备换鞋出去。

"追人。"

跨越四年光阴，我想跟自己赌一次，如果是你，那就告诉你我喜欢你，无论如何也不要再放手；如果不是你……我想过就这样妥协放弃，可竟然无法说出口。

关于喜欢你这件事，原来我比自己所认知的，更加弥足深陷。

"你找谁？"

顾屿走到那人身后，听见自家门铃被蹂躏得"叮咚叮咚"狂响。她转过头，一脸错愕的样子，手指都按红了，傻乎乎地看着他。

这样的姑娘，天底下只此一个，除了米沉还能有谁？

04.

米沉不知道怎的，就听顾屿的话，进了屋。屋内明亮却空旷，没有人生活过的痕迹，这让米沉想起顾屿以前住的西池小街 16 号。

　　她解释说是来替纪临送饭的，顾屿只是问她："你吃了没有？"

　　米沉摇摇头。

　　"那就一起吃。"

　　结果就变成了现在这样，两人围着一张小桌对面坐着。对方将一块排骨夹到她碗里，再自然不过，好像在沥淮那段亲密无间的日子。

　　米沉本来有话要问，但美食对她来说有太大的诱惑。碗里的菜堆成一座小山，她顿时幸福感爆棚，便只顾着埋头大吃，暂时顾不上其他。

　　顾屿抬起视线，见对面吃得像只小仓鼠一样的姑娘，唇边也有了笑。

　　吃完饭，顾屿去厨房清洗食盒和餐盘，米沉酒足饭饱，戳在门口，终于开始踌躇起来。

　　她盯着顾屿，好像要在他的身上看出什么来。

　　"怎么，不认识了？"顾屿侧过脸问，手背上溅了水花。

　　"嗯……"米沉的尾音拖得有点儿长，实话实说，"感觉有点儿不可思议。"

　　今天下午在玉田影视城碰见的顾屿，好像跟她隔着千山万水；而眼前的这个顾屿，却又像是她曾经熟悉的顾屿。

　　"什么不可思议？"

"我们很久没有见，却突然遇见了，好像在做梦。"

餐具归类放好，顾屿洗手擦干，往外走，朝她张开双手，说："所以，你要不要……抱一下？"

米沉错愕，那个拥抱已经不可抗拒地包裹住她。毛衣上散发着淡淡的好闻的味道，瞬间让她联想到雪后的青松，干净而有些凛冽。

他说："重新自我介绍一下。我叫顾屿，不久前刚满二十二，找一个下落不明的人找了四年，她叫米沉。

"我在国内读了两年大学，后来听见风声，我要找的人去了多伦多，于是跑去那边的大学做交流生，最近才回国。

"米沉，你可能不知道，我暗恋了你一个青春，而你欠我一场告别。"

他设计的那款社交软件叫 Reunion，重逢的意思，希望终有一天与她久别重逢。那些曾经没有说出口的喜欢、少年的心事，都将会有归宿。

第十章

此去共浮生

01.

米沉像丢了魂一样回到自己租住的小屋，顾屿的话还像魔咒似
的萦绕在耳边，一遍遍地回放。

顾屿送她回来，车在楼下停了好久，才打方向盘离开。

看着他的车终于一溜烟儿跑远了，米沉才浑身放松下来，躺倒
在卧室的床上。脑子里全是顾屿，连房东老太太的生日都给忘了，
最终还是没能如愿给她拿到纪临的签名啊，以后应该还有机会。

米沉睡得昏昏沉沉，第二天八点多就被敲门声吵醒了。她今天
上午在培训机构没有课，本来预备要睡到日上三竿的。

带着起床气去开门，结果她昨晚梦见的人居然就出现在了门口。

顾屿拖着一个黑色行李箱进来，米沉的脾气倒莫名地消了，顶着一脑袋的问号："你这是要干吗啊？"

顾屿说："避难。"

米沉问："怎么回事？"

顾屿找遥控器打开了墙壁上的电视机，调至娱乐频道，上面正在播报关于昨天纪临在《泣情》的庆功宴上公开自己私生子身份的事情，还有当时在现场抓拍的照片，顾屿的脸清晰入镜。

"你昨天不是还好奇为什么影后要给我做饭吗？因为我是她儿子。"

米沉默默地挠头。

"现在事情曝光了，我的住址又被人泄露出去了，这几天恐怕都没法回去，到处都是狗仔。"顾屿看向穿着卡通睡衣的米沉，问，"你现在是一个人住吧？想不想找个室友，每个月一起分担房租？"

这个理由，让米沉心动。

顾屿说："我会做饭，也不排斥做其他家务。"

心动加剧，米沉想起曾经在西池小街尝到的美味，见识过了顾屿的手艺，现在就说不出任何拒绝的话来，于是重重地点头："好！"

顾屿找了个机会给罗勒打电话："我从今天就开始休假了，公司的事你多担着点儿。"

　　罗勒打了个滚，还处于半梦半醒之间，突然瞌睡全被吓醒了，一骨碌从床上坐了起来："你说什么？！"

　　"昨天你答应了。"

　　"我答应你什么了？我应该没卖身吧？"

　　罗勒脑海里划过几个模糊的片段。

　　"等等，"他捕捉到了重点，"昨天那个按门铃的女生真的是米沉？！"

　　顾屿默认。

　　"恭喜恭喜，找了那么久，终于被你给找到了，不枉你寒窗苦读十二年，一朝红榜中状元。"

　　"没文化就别装。"

　　罗勒觉得自己意思很到位，那边顾屿却已经挂了电话。罗勒忽然意识到一个问题："我什么时候答应你旷工这件事了？你跟你自己打赌，关老子什么事？老子为什么要替你干活？是老板了不起吗？！"

　　哼，掀桌。

　　米沉租的这套公寓是两室一厅一厨一卫。米沉把先前用作书房的房间腾出来，给顾屿住。两人在屋里忙着收拾东西，一起搞大扫除，弄出了不小的动静，惊动了住在对面的房东老太太。

老太太今年约莫六十七八岁，打扮很潮，看上去更不显老，性格也开朗，平素和米沉相处十分和睦。

突然在米沉屋里看见个男人，老太太就像窜天猴似的炸了，连忙把米沉拉到一边，问东问西。

米沉再三向她保证，用人格担保顾屿身家清白，从未打家劫舍过，是个遵纪守法的好公民，让她放一万个心。

顾屿从厨房探出头来，跟米沉说话："我看你冰箱里还有菜，中午就先将就一下，下午我再出去买。"

米沉说好，老太太又把她牵走，语重心长："就算对方是好人家出来的孩子，但是男女有别，你们住在一起也不好哇。"

米沉想了想，正考虑该怎么回复，就听见厨房传来不小的动静，是盘子碎在地上的声音，她立即跑过去看顾屿有没有事。

老太太在她身后直跺脚，快要到手的儿媳妇，眼看着就要长翅膀飞了。老太太原本一心想要撮合米沉跟自己儿子沈泾渭。

房东想蹭饭，谁也不好意思赶她走。

老太太一脸审视，顾屿却丝毫不受影响，给米沉盛汤夹菜，和之前没什么两样。

气氛谜之尴尬，米沉却觉得好笑。

顾屿当年才转学来沥淮一中时，就已经是一号人物了，他能顶住各科老师"严刑拷问"仍然面不改色地罚站一中午，从头到尾一声不吭，可见这人内心世界有多强大。如今几年过去，他倒也没多大的改变，活得依旧自我随性。

他不放在心上的事，便如同没有入眼。

就像现在，尽管老太太眼白都快翻出来了，他还是伸手，自然又亲密地帮米沉卷起一截儿过长的毛衣袖口。

刚进行过大扫除，为了通风，米沉特地把门窗都敞开了。

沈泾渭中午回来拿换洗的衣服，走进自己家发现里面没人，过来对面一看，老太太果然在米沉这边。

"妈，你怎么又来米沉家吃白食……"

老太太见惯了世面，白了他一眼，就让他也坐下来吃，一点儿都不讲客气。

原本只有顾屿和米沉的午餐，顿时变成了诡异的四人饭局。

饭后，米沉去隔壁屋帮老太太穿针线。

沈泾渭觉得顾屿眼熟，不自觉地多看了两眼，脑海里倏然闪过今早娱乐播报上的一个画面，指着顾屿说："你……你不是……"

顾屿接话道："我是米沉的男朋友，今天刚过门。"

客厅里多出来的私人摆件，新增的男款拖鞋，小茶几上成双成对的水杯……都昭告着两人刚开始同居的事实。

沈泾渭被狠狠地噎了一下。

一对招风耳迅速染红，沈泾渭马上识趣地摆明立场："你千万别误会。我妈以为米沉没有男朋友，所以喜欢牵线。今天白蹭了一顿饭，还没谢谢你呢。"

警报解除，顾屿连带着语气也解了冻："是我应该说谢谢。谢谢你们对沉沉的照顾。"

米沉穿完针线回来，见顾屿正和颜悦色地在同沈泾渭聊天，还小小地诧异了一番，方才这两人不是还僵持着吗，一个不说话，一个没话聊。

现在看来，两人好像已经成为朋友。

走之前，沈泾渭郑重其事地对米沉说："祝福你，新婚快乐。"

米沉差点儿没站稳，抓住了旁边顾屿的胳膊，仰头问他："你刚才到底对沈泾渭说什么了？"新婚快乐是怎么回事？

顾屿一脸无辜，淡定地说："我只说了我今天住进来，他大概误会了，要不要去跟他解释清楚？"

米沉想想房东老太太的态度，说清楚了反而麻烦，还会有下一波的误会，不如将错就错。

"不用了，不用了，就让他们误会好了。"米沉说。

顾屿笑了笑："嗯。"

02.

顾屿才住进来两天，整天待在家里，增加和米沉的相处时间，培养感情。

罗勒每晚打电话过来哀号，催人回去，顾屿索性关了机，天大的事情也不想理。同样找不到他踪影的，还有纪临。电视娱乐频道依旧喜欢炒"纪临私生子"这个话题，但已没有前两日那么疯狂。

米沉把顾屿当国宝似的保护起来，出门就让他戴口罩和墨镜，全副武装，她自己俨然一个保镖，跟在他身边。

顾屿觉得有趣，每天必定叫上米沉去菜市场散步一圈。

悠闲的日子没过多久，顾屿推了工作，但米沉还是一个正常上班努力进取的小青年。培训机构组织一次秋游，全体老师都必须参加。

接到通知，米沉也很无奈。

周日上完下午的课，米沉回到家已经快天黑了。

客厅里亮着灯，顾屿侧躺在沙发上睡着了，听见开门声醒过来，长时间保持这个姿势，颈部已经僵硬麻木。

米沉放下包走过来，好像一眼看穿了，她双手相互摩擦生热，

　　等指尖不再那么冰冷，有了点儿温热，掌心突然覆上顾屿的侧颈，帮他一下一下地揉捏。

　　因为低头的动作，那头柔顺的长发像绸缎一样垂下来，落在他的锁骨上，带来微痒的触感。

　　大概是这一幕太温暖，让顾屿堆积在心里的那些话，倾泻而出，没有等到合适的时机就说了出来："我想照顾你一辈子……可以吗？"

　　米沉的手停在了他的后颈上，顿了一顿。

　　空气倏然凝滞，升起的温度也随之降了下去，过了许久，在顾屿以为自己等不到任何回复的时候，米沉的声音却响起来："这几年我一个人过，也还过得下去，不敢再有什么变动，出什么差错。"

　　她已经不想再承受任何的失去和离别，如果只有她一个人，便不会出差错。

　　既然可能会失去，那就不要去拥有，不要去承担风险。

　　失无可失，也是一种强大和自卫。

　　"不再考虑一下吗？"

　　"差点儿忘了跟你说了，我过两天要跟培训机构的老师和孩子一起去秋游。"

　　再明显不过的转移话题，所幸，顾屿沉默着没有再说话。

03.

接下来的两天，米沉很少跟顾屿在屋里碰面。

顾屿一改往常赋闲在家的闲散，他早出晚归，和米沉的作息时间完全错开。早上米沉听到外面有响动，出来一看，他已经开门出去了；晚上则是等米沉睡了以后，他才回来。

不知道他是真的突然有这么忙，还是刻意为之，避开她。

到了第三天，米沉出发去秋游，两人总算在早餐桌上打了个照面。

顾屿系着浅棕的围裙，劲瘦腰身，修长身形，只是眼底乌青，铺展着淡淡的阴霾。

他把煮好的粥和小菜端上桌，喊米沉过来吃："好好吃早餐，不然容易晕车。"

米沉受宠若惊，原本以为他不再愿意理她，没想到还有这待遇。

她咬着粥里甜甜的桂圆肉，不可名状的心酸从心底"噌噌噌"地冒出来，这种被人无微不至照顾着的感觉，她已经有多久没有体会过了？

忽然不敢再抬头，看对面的人，脸快要埋进碗里。

三天两夜的出行，米沉要带的东西不算多，但收拾起来足足装满了一个小行李箱。顾屿坚持要送她去集合的地点。

"我要去开个会，只是刚好跟你顺路而已。"顾屿这样解释。他身上穿着正式的西装，搭配了合适的领带和手表，不同于以往的休闲装。

米沉只好点头同意。

登上大巴车之后，周围的同事和几个调皮一点儿的学生一直在缠着她问："米老师，刚刚送你来、帮你拎行李的那个，是你男朋友吧？"

"你就不要害羞啦，大大方方地承认吧……"

在许多类似于这样的调侃里，大巴车缓缓启动，车子行驶，窗外的景象如浮光在眼前掠过，顾屿还没有走，一身铁灰西服的他站在人群中尤其显眼，目光载着她的车远去。

后来她才明白，在她看得见或者看不见的地方，他已经像现在这样等待了她许多年，唯有头顶的流云和日光变幻。

这次秋游的目的地在长曦镇，这里以秀美的山水和一座大规模的水上主题乐园而出名。孩子们主要来水上乐园玩，米沉则倾向于四处走走逛逛，瞎转悠。

第二天下午却开始下雨，米沉最近没有休息好，白天干脆窝在宾馆里睡觉。睡到一半，被外面的哭声吵醒，米沉才知道出事了。

傍晚集合清点人数时，发现少了一个孩子。结果几位老师都快把水上乐园给翻遍了，还是没有找到人，有个矮个子的女老师蹲在地上呜呜大哭了起来。

这时，外面的天已经全黑了。

在负责人的安排下，所有的老师出动，往各个不同的方向去找。

米沉撑着伞出去，发现外面已经变成了滂沱大雨，才踏出去几步，身体就被倾斜的雨珠打湿了大半。她索性把裤腿卷起，快步走了起来，和老师们一起喊起了那个小孩儿的名字："再再……"

长曦镇很快被笼罩在蒸腾的水汽中，可视范围变得很小，四周的景物也逐渐模糊虚化，变成白茫茫的一片。

米沉走的是和水上乐园截然相反的方向，这边相对偏僻，通往深山，路边都是葳蕤的灌木丛和不知名的大树。

不知不觉，小径上已经只有她一个人。

"再再……"

手电筒的光，照亮脚下坑坑洼洼的泥巴路，米沉忽然听到一声回应，仔细一听，除了雨声，又好像什么也没有。

"老师，我在下边，救救我！"

这一次，米沉清清楚楚地听到了带着哭腔的一句话，她顺着声音往水边走，拨开两边的树枝，终于看见斜坡下的水潭中间有一块巨大的凹形石头，石头上趴着一个穿米黄色衣服的男孩儿。

应该是白天水位低的时候跑过来玩水，等水位上涨以后，就彻底被困在了水中央，不敢从石头上下来了。

下水之后，米沉才发现，这里的水位比她估计的更深，腰部以下，全被浸泡在水里。膝盖上冰冷刺骨的感觉好像被针扎，米沉眼前一阵发黑，眩晕感让她几乎快要站不住。

从水里一步一步蹚过去，渐渐距离石头越来越近，雨水糊住了她的眼睛，睁不太开。

就在她终于抓住了石壁，想要把小孩儿抱下来的时候，突然一个凶猛的水浪打过来，高高卷起的水幕铺盖在他们头顶，然后重重地拍下来。

最后的一刻，米沉脑海里闪过的是顾屿的脸，耳边回响的是他那天说过的话——我想照顾你一辈子，可以吗？

不会有比这更朴实更温暖的承诺了，听上去缺少了点儿浪漫的因素，但千帆过尽之后，他还在等她，这大概是世上最能让她动容的情话。

如果还能活下来，好想重新开始。

人为什么总要在最后的生死关头，才能摒弃怯懦，滋生出一丝勇气？

04.

顾屿接到电话后，马不停蹄地赶去了长曦，那边的医疗设备不如源城先进，他在第一时间把米沉转移到了源城的第一人民医院。

米沉被营救出来，培训机构的老师当即想要联系她的家人。在宾馆的房间里找到了她落下的手机，却发现手机通讯录里一片空白，只好回拨了最近跟她有通话记录的一个号码，是顾屿。

去长曦接米沉的路上，顾屿想过很多东西，脑海里闪过很多画面，他和米沉从第一次见面到现在，每一幕竟都历历在目。

罗勒常常在耳边宣扬他那一套恋爱理论，他说初恋可贵，但年少时的喜欢最不作数，以后天高海阔，总还会遇见更好的人。

可顾屿不赞同。

他从小到大，已经见过许多副皮囊，体会过人情冷暖，世间众生相。他遇见了那么多人，人人都不如她。

那个在天桥上凑过来，把零食倒给他的孩子。

那个在理发店里，认真替她剪头发的姑娘。

那个他喜欢了很久很久的米沉。

他不是长情的人，遇见她，才知道自己长情。那么多个日夜，那么广阔的世界，却放不下一个人。

医生把米沉身体的状况一一告诉顾屿，情况远没有他想的那么严重。只是米沉的皮外伤多，被树枝和茅草划破的小口子遍布小腿和手臂，暗红色的，看上去触目惊心。在顾屿眼中，那些尚未结痂的痕迹俨然扩大了好几倍。

医生特地交代，要顾屿多注意米沉的腿伤。她以前有旧疾，这次又在冰冷的潭水中泡了一遭，雪上加霜，以后得好好养着，不然老了受罪。

顾屿点头。直接导致的后果就是他给米沉热敷了一晚上，仍然不放心，最后把米沉的双腿焐在怀里睡着了。

米沉做了一个奇怪的梦，她被困在冰天雪地里漫无止境地奔跑，脚都快断了，但是怎么也停不下来。

"扑通"一声，她突然撞上了一面白色的墙壁，却感觉既温暖，又柔软。

米沉抬头一看，是一头很高很高的大熊。

她把整个身体都贴近它，不留一丝缝隙，整个人就像陷进了棉花团里，再也不冷了。她牢牢攀附在大熊像小柱子一样的左腿上。

大熊往前跨一大步，她就像坐秋千一样，晃荡一下。

她在童话般的梦里开心地笑起来。

　　米沉醒过来时，嘴角还不自觉地往上翘。她意识还未清明，只觉得梦里的那种温暖仿佛流淌到了现实世界里，全身都暖洋洋的。

　　她动了动，才发现双腿被人圈住了。

　　顾屿被她发出的动静吵醒，缓慢松开她。他看着米沉什么也没说，忽然从床尾走过来，把她整个人抱进怀里。

　　好像梦里的大熊。

　　"醒了就好。"

　　"有个事情要问你。"

　　"你说。"

　　"你……确定要跟我在一起吗？"

　　"嗯。"

　　"为什么？"

　　顾屿不止一次地想，他以前活在极具落差的生活里，当过王室的座上宾，混过残酷的贫民窟，那都是纪临给予他的人生。长大以后，他要选择过自己的生活，简单平凡，跟一个人白头到老。

　　到过天堂，去过地狱，最想留在你身边。

　　　　　　　　　　——全文完——

番外一

冬与冷雨不再来

01.

罗勒赶在下班之前，抓准时机把顾屿堵在办公室里："这个周六有个高中同学聚会，去吗？"

顾屿收拾好东西，想起昨晚米沉看地理杂志时心血来潮，说想要弄一株琴叶榕摆在客厅，打算现在就开车去花草市场逛一逛。

罗勒不肯放人，扒在门框上："聚会地点就在源城，离你住的地方也不远，来的都是同班几年的高中同学……"

当年在沥淮读书的一大群人，如今有不少在源城发展。罗勒是老班长，这次组织同学聚会的虽然不是他，但他还是热络地四处帮忙联系人。

其中最难搞定的，估计要数眼前这位。

"大家都好多年没见了，你带上米沉一起去呗，夫妻双双亮个相……"

顾屿想了想，还是没答应："她周末有课，去不了。"

当年米原国出了事之后，米沉退学，在同学之间也传出了不少流言蜚语。她跟沥淮那边的所有人都断了联系，很少回去，如今她也多半不太愿意在熟人面前露面了。

罗勒或许也想到了这点，终于罢休，拍了拍顾屿的肩膀："也是，你们俩去同学聚会还不如一起约个会。可怜我这条单身狗啊……"

冬天日落早，等顾屿从花草市场出来，外面的天已经黑了，路边亮着几盏路灯。到了家，他打开门，发现出奇地安静。

米沉盘着双腿坐在飘窗上，闭目养神。

顾屿脱了外套走过去，声音含着笑，调侃她："你这是打坐呢？"

米沉这阵子在家里练瑜伽，纠正他道："我这叫冥想！"

"哦？"顾屿挨着她坐下来，见她还没睁开眼睛，低头亲了一下她的侧脸，"都想到了些什么？"

"全身放松，脑袋放空，其实什么也没想。"

顾屿忍不住伸手摸了摸她温热的脸颊："不如多想想我。"

米沉终于睁开眼睛看他，笑着问："每天早上第一眼就能看见的人还用多想吗？"

"当然，"顾屿毫不犹豫地点头，又补充说，"我每天都这样。"

米沉一愣，她这是被调戏了？

忽然老脸一红，她连忙转过头去躲开顾屿的视线，看见墙角多出来的琴叶榕盆栽，立即转移话题："你真去买了呀？"

顾屿难得见她害羞，也不拆穿："嗯，先带一株小点儿的回来给你看看，我订了一批，还有其他的绿植，明天中午会有人送过来。"

米沉开始计划摆放的位置："我还想要两大株仙人掌，一米多高的那种……"

顾屿随口答应下来："好。"

"还要别的吗？"

"暂时没有了。"

顾屿打开冰箱看，问米沉："自己在家，晚上有吃东西吗？"

"有啊，"米沉穿着棉拖跟在他身后，有恃无恐地说，"你说你不回来吃，我一个人不想做饭，喝了杯牛奶垫肚子。"

顾屿只能认命地问："饿不饿？"

米沉揉揉肚子说："有一点儿。"

顾屿卷起袖子去拿食材："想吃什么？"

"就煮面好了，"米沉说，信誓旦旦地表示，"我帮你啊。"

结果她说的帮忙，不过是像根柱子一样戳在厨房，洗菜、切菜、煮面、调味，顾屿一个人全揽下了，根本没有她插手的地方。于是她只能站在一旁，像个小学徒一样目光灼灼地盯着顾屿。

顾屿无可奈何："小沉……"

"嗯？"

"你还是出去吧！"

米沉十分无辜："你嫌弃我？"

顾屿还没说话，手机振动起来，他一边把火调小，一边接电话。米沉突然双手圈住他的脖子，踮起脚吻了上去。

顾屿没有一点儿防备，手机差点儿没拿稳，捽到地上。

米沉见他几乎是手忙脚乱地挂了电话，攀住他的肩膀，埋首在他颈窝里，得意地笑起来："总算扳回一局啊……"

02.

周五晚上开始变天，下起了雨夹雪。第二天早上，米沉拉开窗帘一看，外面一片银白，院子里的树全被盖上了厚厚的雪被。

顾屿送米沉去上班，两人一出门，冷气扑面而来，米沉觉得呼吸都是冰的，鼻头顿时变得有点儿红。顾屿返回去，给她拿了一个口罩戴上。

米沉看看全副武装的自己，顿时哭笑不得："坐到车上就好了啊，这也太夸张了。"

顾屿说："你感冒了，操心的是我，所以听我的。"

这一点毋庸置疑，米沉无法反驳，于是只能任凭脖子上的围巾再绕了一圈。

"我现在好像一头北极熊啊！"米沉对自己的形象定位很准确，再次提出抗议，跟顾屿商量，"我怕我的学生笑话我。"

顾屿挑着嘴角一笑："我看谁敢？"

米沉的话全部噎回去，她知道这事没得商量了，只能裹得胖墩墩的去上课。下车之前，顾屿把伞递给她："下课了，给我打电话。"

米沉朝他挥手："知道啦！"

米沉在这家培训机构教书已经有好几年了，她也想过考公立学校，但考虑到现在上课的时间更加自由，索性就一直待着。

下午上完两节课下班，有同事约她一起去逛对面一家新开的超市。米沉原本想拒绝，想想冰箱好像空了，自己也该往里添点儿东西了。

她从货架上拿的东西都是双份的，不同口味而已。同事好奇，八卦地跟她打听："谈男朋友了吧？别不承认，你这可明显是两个人在过日子。"

　　米沉也没想过否认："我结婚了。"

　　对方大吃一惊："从来没听你说过，大家之前还都以为你单身呢！"

　　米沉笑："你们也没问我啊。"

　　这家超市很大，里面暖气开得十足，一圈逛下来，米沉身上出了一层薄汗。她把围巾帽子取下来，外套脱了搭在手臂上。因为超市新开张搞各种优惠活动，结账的时候，排了很长的队伍。

　　总算拎着一袋零食从超市出来，米沉才想起来给顾屿打电话。

　　外面的雨和雪都停了，空气照旧又冷又湿，寒意仿佛要渗到人骨子里去。

　　同事在公交车站搭车走了，米沉走到路边等顾屿来接。她没注意看脚下的路，一个趔趄踩进水坑里，打湿了半截儿裤腿，袋子里的东西差点儿撒了一地。

　　米沉懊恼得想拍自己脑门儿。

　　这会儿她老老实实地抱着袋子坐在路边的水泥墩上，抬头遇见以前的老同学，完全出乎她的意料。

　　"这不是米沉吗？"一道陌生的声音从面前传来。

　　米沉疑惑地眯起眼睛，她有点儿近视，傍晚光线昏暗，只见有好大一群人朝着自己走过来。

　　这场包括罗勒在内的高中同学聚会，一共只来了十七个人，大多是在源城安家落户了的。大家趁这次机会重聚，也可以相互打通打通人脉关系，他们刚吃完饭，正准备去唱歌，不知道是谁先一眼认出了马路对面的米沉。

　　而米沉对同学聚会的事是完全不知情的。

　　顾屿不想在她面前说起以前的人和事，怕她难受，直接拒绝了罗勒，在家半个字都没提，以至于现在米沉看见一群熟人，完全蒙圈了。

　　大家走近了，任凭谁都能看出米沉的狼狈，她浅色的裤子脏了，尤为明显，跟被污水染了色一样。

　　有人看她这副样子，想起当初米原国出事，看她的目光有点儿可怜。有人想问她近况，打探打探。还有人好奇她的感情，毕竟她曾经追求黎岸舟的那段精彩往事，轰轰烈烈，多年过去仍然让人印象深刻。

　　但一时半会儿，大家都僵住了，不知道该说点儿什么好。

　　顿时冷场。

　　罗勒跟一个交情好的哥们儿正聊得高兴，叙旧叙得不亦乐乎，走在最后，跟上来瞧见这一幕，正准备掏出手机给顾屿打个电话通风报信，结果正主已经到了。

顾屿把车停在一边，发现了坐在人群中间、费力地抱着一袋零食的米沉，眉头不由得皱了起来。

这时米沉也看见了他，几乎两眼放光，那种热切地盼望着他前来解救的目光，让他心里一软。他快步走过去，也不忍心再训她两句。

顾屿解开大衣往她身上一披，脱下她湿透的鞋袜，用袖子擦干她的脚，然后连人带物，一把抱起。

米沉很识时务，这会儿闭上眼睛装死，埋头闷在顾屿怀里，后者小声警告她："回家再跟你算账。"

顾屿和众人草草打过一声招呼，两个重叠的身影很快消失在夜色中。

留下十几个看热闹的吃瓜群众目瞪口呆，纷纷大开脑洞，猜测两人之间的种种奸情。唯一的知情者罗勒点了根烟，深深吸一口，呼出一个烟圈，升起一团白雾，声音里透着无限惆怅："又被秀了一脸恩爱，我也是时候去找个媳妇儿了……"

番外二

稚子与王爵

开完会不久，宋稚子才去医院食堂解决完午餐，就被通知去唐教授办公室一趟。

她拍了拍身上的白大褂，赴刑场一样上了十八楼。戴着老花眼镜的唐教授笑眯眯地坐在椅子上等她，桌上摆了一排相片。

"老师，您找我？"宋稚子叩了叩门进来，"是论文有什么问题吗？"

老教授摆摆手："你的论文写得不错，我昨天看完了，只有几个小错误，那个先不谈。咱们今天不说学业和工作上的事，我专程叫你来看看几个人……"

宋稚子头皮一麻，面前递过来几张男人的照片。

老教授说："你先看有没有合眼缘的，有的话跟我说，我直接帮你介绍……"

也不知道从哪天开始，宋稚子的这位导师开始十分热衷于操心她的终身大事，想要把自己身边的小辈通通介绍给她认识。

宋稚子跟抽签一样，默默抽出来一张。

老教授兴高采烈，如同中了大奖："好！眼光真不错，挑了个'海龟'……"后面省略八百字的人物详细介绍。

"老师，"宋稚子哭丧着一张脸，"我看上去真的很愁嫁吗？"

"谁说的！"

"可是您表现出来的就是这个意思，好像我一定会嫁不出去。"

"老师这是替你着急啊，你看你每天待在医院里，也不见谈个恋爱，连楼底下守太平间的小刘都要二婚了，你这边还没一点儿动静，老师看着很着急啊！"

宋稚子苦笑，但心里闷着的话说不出口，只好点头答应："您这次跟对方约好了时间，我一定会去。"

她想起自己曾经跟米沉说，要好好在大学里谈一场恋爱。这几年，确实有过几次无疾而终的感情，她和对方轻易地走在一起，两人过不长久，然后毫无缘由地结束。

她谈着漫不经心的爱情，也渐渐感受到了疲倦，最终回归到一个人过日子。

　　唐教授经常问宋稚子喜欢什么样的，宋稚子答不上来，她喜欢的那个人已经在心里模糊了影像。

　　但却还是喜欢，这么久了，好像成了一种习惯。

　　下午查房，前面的房间里传来一阵喧哗。实习护士正在劝人，急得憋红了脸："先生，根据我们医院的规定，为了保障其他病人的健康和安全，是不允许带任何宠物入内的，请您配合我们的工作……"

　　宋稚子走过去问："怎么回事？"

　　实习护士宛如看到了救星："这边有位病人带了只猫来吊水，怎么劝也不听。"

　　"喵"的一声，突然从门角跑出来一只通体雪白的猫，扒着宋稚子的白大褂，差点儿跳起来撞进她怀里。

　　宋稚子弯腰把白猫抱起来，小家伙异常乖巧、听话，趴在她的手臂上，孤高冷傲地眯起眼睛，打了个哈欠。

　　"大王……"

　　门内传出一个声音，白猫听到指令般蹿了回去，宋稚子紧跟着进去看，掩住一半的房门被彻底推开。

　　黎岸舟坐在靠窗的位置上输液，白猫窝在他的膝盖上撒娇，外边天气转暖，有了柔和的春光，懒洋洋地照进来，连空气都是明媚温暖的。

　　只是一瞬间，黎岸舟也认出宋稚子来，看她这一身打扮，朝她笑了笑："你在这边上班啊……"

　　那种久违的急促心跳，让宋稚子幡然醒悟，这些年不是找不到好的另一半，只是因为另一半，不是他。

　　不是眼前的这个人。

　　黎岸舟养的那只猫，大名叫王爵，小名叫大王。它平常各种冷艳高贵，朝人张牙舞爪，除了黎岸舟根本不让外人碰，却出乎意料地喜欢黏着宋稚子。

　　宋稚子抱起王爵，它也很配合，没露出爪子来。宋稚子对黎岸舟说："医院确实不让带宠物进来，我先帮你把它抱去我办公室，等你输完液再过来带它回去。"

　　黎岸舟同意了。站在一边的实习护士见总算解决了问题，长长地吁了一口气。

　　"对了，你这边没什么大事吧？"宋稚子转过头问。

　　黎岸舟说："只是感冒发烧，吊两天水就没事了，明天还要过来一次。"

　　宋稚子点头："你自己照顾好身体。"

　　王爵又叫了一声，好像在出声附和，宋稚子帮它顺毛，给黎岸舟拿了床干净的毯子过来："你累了，就睡会儿。"

宋稚子转身走出病房，走廊上浓郁的消毒水气味让她回过神来，手臂上传来沉甸甸的分量，王爵又用毛茸茸的尾巴扫了她一下。

想想这几年，她也不算彻底地失去黎岸舟的消息。他陆续举办过几次画展，登过几回杂志和电视，还有个人网站和微博上，也有迹可循。只是宋稚子从来都是远远看着，未曾真正靠近。

直到现在，他们再次重逢。

命运又一次把他带到她面前。

宋稚子自言自语："无论如何，再为自己争取一次好不好？"

时间过去那么久，我也曾努力喜欢过别人，但都不如你根深蒂固，驻扎在心里。黎岸舟，我想我还是忘不了你。

所以，无论如何，再努力一次。

王爵伸出粉红色的舌头，在她手掌心舔了舔，捣蒜一样地点头。

"谭梓陌，你不会是在追我吧？"

谭梓陌装作黯然神伤的样子，幽怨地看着她："这么明显的举动，谭太太才发现，让我有些失落。"

"可是，我们都要离婚了。"她下意识地反驳。

谭梓陌并不在意她的回答，收起脸上玩味似的笑容，认真地说："如果谭太太不知道的话，那我现在告诉你，你老公向来不喜欢做重复的无用功。所以，心只开一次门，放一个人住进去，只谈一次恋爱，结一次婚，娶一个女人，只和一个人生孩子，并护其一生。"

图书在版编目（CIP）数据

此去共浮生 / 晏生著. -- 石家庄：花山文艺出版社，2017.3（2020.1重印）

ISBN 978-7-5511-3119-3

Ⅰ．①此… Ⅱ．①晏… Ⅲ．①长篇小说－中国－当代Ⅳ．①I247.5

中国版本图书馆CIP数据核字(2017)第308740号

书　　名：	此去共浮生
著　　者：	晏　生
策划统筹：	张采鑫
特约编辑：	欧雅婷
责任编辑：	董　舸
责任校对：	齐　欣
封面设计：	刘　艳
内文设计：	米　籽
美术编辑：	许宝坤

出版发行：花山文艺出版社（邮政编码：050061）

（河北省石家庄市友谊北大街330号）

销售热线： 0311-88643221/29/35/26

传　　真：	0311-88643225
印　　刷：	三河市华东印刷有限公司
经　　销：	新华书店
开　　本：	880×1230　1/32
印　　张：	9
字　　数：	167千字
版　　次：	2017年4月第1版
	2020年1月第2次印刷
书　　号：	ISBN 978-7-5511-3119-3
定　　价：	39.80元